있었던 존재들

있었던 존재들

원도 칼럼집

경찰관 원도가 현장에서
수집한 생애 사적

;

프롤로그 — 사사로운 사전

사사롭다(私私롭다) 「형용사」

1) 공적(公的)이 아닌 개인적인 범위나 관계의 성질이 있다.

헬스장에서 웨이트트레이닝을 하고 있을 때였다.
땀으로 축축한 귓속에 힘겹게 매달려 있던 에어팟에서
노래가 중단되더니 별안간 벨소리가 울렸다. 모르는
번호로 온 전화였다. 꽤 심한 전화 공포증이 있는 나는
운동으로 차오르던 긍정적인 기운이 일순간 사라지는
걸 느끼며 떨리는 마음으로 전화를 받았다. 아무래도
직장인이니까 회사에서 온 전화일 수도 있으니 받지
않을 순 없었다. 어쩌면 전화를 피할 수 없는 처지가
전화 공포증을 더 악화시키는 건지도 모른다고
생각하면서.

단정한 목소리의 서울 말씨를 가진 사람이 자신은
신문사《한겨레》의 누구인데 '오피니언' 코너에 칼럼을
정기적으로 연재해보지 않겠냐고 제안했다. 그의
제안은 경상도에서 들을 일이 거의 없는 서울 말씨에
대한 신기함과 헬스장을 울리는 유행이 한참 지난
댄스곡 메들리가 합쳐지면서 다소 낯설게 들렸다.
영화 〈벌새〉의 김보라 감독님 후임으로 들어가는
지면이란다. 조금만 생각할 시간을 주시면 안 되냐고
되물었다. 그도 그럴 것이 시티드로 머신용 벤치에 앉아
있었기 때문이다. 크지 않은 헬스장에서 몇 안 되는

기구 위에 죽치고 앉아 있는 행위는 민폐다. 상대방은 긍정적 답변을 기다리겠다고 말하며 전화를 끊었다. 솔직히 제안받았을 때 당장 하겠다고 외치고만 싶었다. 제안 주신 분의 목소리에서 느껴지는 기운이 무척 좋았고, 마침 작가로서 어떤 글을 더 쓸 수 있을지에 대한 고민이 깊어지던 시기였으니까. 지금껏 써온 에세이와는 다른 '칼럼 정기 연재'는 상당히 흥미로운 제안이었다. 고민하기 위해 벤치에서 일어나자마자, 근처를 배회하며 기회를 엿보던 다른 헬스인이 날름 그 자리에 앉았다. 역시, 머신이 부족한 헬스장에선 눈치 싸움은 필수다.

짐을 챙기고 일어난 뒤 이곳에서 가장 인기 없는 기구로 자리를 옮겼다. 전혀 눈치 볼 필요 없는, 사실상 휴대폰 하면서 쉬라고 만들어놓은 공간이 아닌가 싶을 정도로 불호를 자랑하는 기구. 윗몸일으키기를 하기 위한 '싯업바'다. 진성 헬스인에게 필요한 기구일지는 몰라도 나처럼 어중간한 헬스인의 시야엔 들어오지도 않는다. 싯업바에 발을 고정하고 누우니 피가 머리로 쏠렸다. 귀 끝을 타고 정수리까지 뜨끈해지는 기분을 잠시 즐기다가 조금 전에 받은 제안을 되새겼다. 잘할 수 있을까? 5주 주기 마감이라는데, 따지고 보면 1년에 열 번만 쓰면 된다는 소리다. 그렇다면 무슨 이야기를 써야 할까. 매달 할 수 있는 이야기는 뭐가 있을까. 단순한 에피소드의 나열로 칼럼을 이어가고 싶진 않았다. 무언가 하나의 관통된 줄기가 있으면 좋겠는데. 그게 뭘까. 세상을 거꾸로 바라보며 시작한 사색은 그리 오래 지속되지 않았다.

우리 엄마는 늘 세상의 모든 101호와 102호는 문 색깔만 다르지 들어가서 보면 사는 모습은 다 똑같다고 했다. 겉이 번지르르하게 보여도, 혹은 못사는 것처럼 보여도 속내는 별다를 것 없다고. 그러니 겉만 보고 판단하지도 말고 자신의 처지를 과하게 비난하지도 말라고 했다. 영 틀린 말은 아니었다. 돈이 많다고 세상만사가 뜻대로만 흐르지는 않고, 돈이 없다고 꿈이 없는 것도 아니니까. 인간으로 태어난 이상 먹고 자고 싸고 꿈꾸고 희망하고 갈망하다 죽는 건 동일하다.

하지만 101호와 102호가 너무나도 다르다는 게 문제였다. 방이 너무 많아 출동한 경찰관끼리도 변사자가 어느 방에 있는지 몰라 찾아 헤맬 정도로 넓은 101호와 다르게, 들어가자마자 한눈에 구석까지 보일 정도로 좁디좁은 102호가 존재한다.

내가 떠올린 줄기는 '사전'이었다. 똑같이 생긴 단어도 막상 사전을 들여다보면 뜻이 제각기 다른 것처럼, 그토록 다양한 단어의 의미를 우리네 모습에 비유하고 싶었다. 내가 매일같이 경험하는 말도 안 되는 일들이 결코 일개 경찰관의 사사로운 일이 아님을 장면들을 통해 보여주고 싶었다.

첫 번째 책인 『경찰관속으로』 이후 경찰관의 삶을 밀접하게 다룬 책은 쓰지 않겠다고 다짐했지만, 결국 이렇게 또 써버린 이유는 나의 사사로운 경험이 정녕 사사로운 수준에 그치는지 묻고 싶었기 때문이다. 다른 나라 경찰관도 비슷한 업무를 하는가? 다른 나라의 치안은 어떻게 유지되는가? 유독 내가 근무하는 동네만 변사자가 많은 편인가? 사사롭지 않은 일이 일어나는 현 상황을 누군가에게는 털어놓고 싶었다. 이 모든 게 너무 이상한 일이라는 대답을 타인에게 듣고 싶었다. 첫 책과 이 책 사이에 4년이란 시간이 흘렀다. 그사이 승진도 하고 부서도 옮기며 경력이 쌓였지만 고통을 능숙히 다루진 못했다. 나이테가 아닌 고통테가 새겨진다. 요즘처럼 계급장이 무의미해 보인

때도 없다.

머리로 과하게 피가 몰리는 느낌에 아픈 허리를 일으켰다. 싯업바에 누워서 보았을 땐 추락하던 사람들이 일어나서 보니 열심히 뛰어가고 있다. 곧바로 전화를 걸어 칼럼 연재를 하겠다는 결심을 전했다. 그렇게 2년 2개월간 스물세 편의 글을 썼고, 기존 원고 중 일부를 수정해 새로운 글을 덧대어 이 책을 만들었다. 언젠가 당신과 내가 있었던 현장에 대해서, 그리고 그 모든 곳에 존재했던 이들을 위해서. 나는 아직까지 경찰관으로 일한다. 현장에서 수습한 변사자는 대개 화장되었고, 유족에게 인도 거부된 사람은 시에서 치러주는 장례로 삼도천을 건넜을 것이다. 여기서 더 새롭게 붙일 단어가 있을까?

차례

고개는 넘을수록
슬픈 것이었다

고개[1] 「명사」

1) 목의 뒷등이 되는 부분.

고개[2] 「명사」

1) 산이나 언덕을 넘어 다니도록 길이 나 있는 비탈진 곳.

2) 일의 중요한 고비나 절정을 비유적으로 이르는 말.

고개를 든다. 아직 넘어야 할 고개가 한참이다. 가방에 감식 장비가 가득해 가방끈이 어깨를 파고드는 것만 같다. 가파른 고갯길은 아스팔트 길임에도 갯벌을 걷는 것처럼 발걸음을 무겁게 만든다. 발걸음 소리도 자박자박이 아닌 푹푹, 바닥으로 꺼지는 소리처럼 들린다. 차는 고사하고 유아차 한 대도 지나가기 힘든 좁은 고갯길. 현장으로 차를 가져갈 수 없어 모든 짐을 짊어지고 발바닥이 아슬하게 걸쳐지는 낡은 계단을 거친 호흡으로 오른다. 이 길의 끝에 정말 사람이 살까. 신고자가 주소를 잘못 불러준 건 아닐까. 서울에 이런 곳이 있다니. 가는 길목마다 재개발 소식을 알리는 전단이 덕지덕지 붙어 있다. 누굴 위한 전단인지. 여기에 살던 사람은 얼마 되지 않는 보상금으로 또 다른 고갯길을 찾아갈 수밖에 없었을 텐데.

부서진 상태로 녹이 슨 철문을 넘어, 고정 장치가 떨어져 공중에서 그네처럼 흔들리는 초인종을 지나, 빗물로 가득 찬 길고양이 밥그릇을 마주치고서야 신고자의 집이 보였다. 서울이라고 어찌 번듯한 길만 있을까. 평지도 고갯길도 누군가에겐 집터인 것을. 휴대폰 내비게이션도 GPS 위치를 잡지 못해 화면을 이리저리 돌려대야 하는 경우가 부지기수. 가지 많은 나무처럼 다세대주택과 연립가옥이 빽빽이 자리 잡은 여기는 달동네 고개. 가파른 경사 때문에 걸음이 조심스러워진다. 겨우 도착한 현장은 집에서 자가치료를 하던 고령의 남성이 사망한 상태였다. 야속한 고갯길 때문에 장례식장 운구차도 집 앞으로 올 수 없어 모두가 합심해 변사자를 들것에 싣고 조용히 내려왔다. 내려오는 길에 마주한 노을은 참 붉었다. 잊지 못할 작별 인사라도 건네는 것처럼.

가난한 외국인 유학생들이 모여 사는 동네에 불이 나서 출동한 현장도 고갯길이 무자비한 달동네였다. 복잡하게 엮인 실타래처럼 입구와 출구가 명확히 나뉘지 않은 골목길의 연속. 먼저 도착한 소방차의 호스를 헨젤과 그레텔의 빵 조각처럼 따라가서야 피해자의 집을 겨우 찾을 수 있었다. 커다란 경찰차와 소방차는 집 앞까지 접근할 수 없어 출동한 사람들 모두 자기 몫의 장비를 짊어진 채로. 피해자의 집은 이웃집과 경계가 모호했는데, 한 세대가 거주했던 공간에 가벽을 세워 다섯 개의 집으로 쪼갠 탓이다. 취약한 건물 상태 때문에 작은 방에서 시작된 불이 경계가 불분명한 자취방 일대를 삼켜버린 참혹한 현장. 화재 사건의 인명 피해는 당장 현장에서 파악하기 어렵기 때문에 거주민의 생사를 확인하기 위해선 이 건물에 몇 명이 거주 중인지 알아야 했으나 건물주는 계속 전화를 받지 않았다. 다 타버린 건물만큼 속이 새카맣게 타들어갔다.

유일하게 자리를 지키고 있는 피해자는 한국말을 거의 하지 못하는 중국인 유학생. 최초로 화재가 발생한 방에서 월세로 생활하던 유학생은 한국어를 더듬거리며 진술하려고 노력하거나 번역 어플 화면을 경찰관에게 보여주기를 반복하다 결국 고개를 떨궜다. 고꾸라진 그의 고개 아래 품속에는 화마를 미처 피하지 못하고 질식사한 반려견이 안겨 있었다. 강아지 위로 눈물이 뚝뚝 떨어졌다. 연락을 받고 달려온 유학생 친구들이 껴안으며 슬픔을 토해내도 미동 없는 강아지. 불에 그슬린 강아지의 굳은 몸은 지금쯤 어느 고개에 묻혀 있을까.

정해진 관할구역에서 일하는 경찰관의 업무 특성상 시간이 지나면 관내 특성을 대략적으로 파악하게 된다. 이 '특성'에는 악성 신고 빈번 지역, 상습 주취자나 민원인의 주거지, 범죄 취약 상가 등이 있는데 내가 가장 먼저 외운 곳은 차량 진입이 불가능한 달동네 고갯길이다. 대부분 내가 운전하기 때문에 그런 지역에서 신고가 들어오면 평소보다 세 배 이상 긴장감을 가지고 출동한다. 과학수사 차량인 스타렉스가 들어갈 수 없는 협소한 골목, 그 와중에 골목 중간에 설치된 나무 기둥만 한 전신주, 골목 사이사이에 주차된 오토바이만큼 아찔한 요소도 없다. 골목 벽엔 갖가지 색상의 차량 페인트가 흉터처럼 박혀 있다. 경험상 달동네에서 접수된 변사 신고는 부패 변사일 가능성이 높다. 우선 지리적으로 통행이 쉽지 않기 때문에 아무리 가족이라 해도 동거 상태가 아니라면 방문 주기가 길어질 수밖에 없다. 주거 환경이 열악하니 월세가 비교적 저렴하여 오랫동안 혼자 생활해온 일용직 노동자나 기초수급자가 거주하는 비율이 높은 것도 하나의 이유. 결국 사회적 고립과 외로움이 부패로 이어지는 경우가 대부분이었다.

아들과 연락이 되지 않는데, 마지막으로 통화한 게 두 달 전이라는 어머니의 신고를 받았을 때도 부패 변사임을 직감하고 방독면을 챙겨 고갯길을 나섰다. 몇 개의 고개를 넘어 반지하 방을 찾는다. 빛 한 점 들지 않는 캄캄한 건물 입구에 변사 의심자의 동생이 배달원 복장을 한 채로 굳게 서 있다. 원만한 사회생활을 해나가는 것에 어려움을 겪던 형이 스스로 방문을 걸어 잠근 뒤 세상 밖으로 나오지 않았다고, 동생이 그간의 세월을 전한다. 방 상태는 예상보다 심각했다. 화장실을 가지 않았는지 방 한구석에 대소변이 쌓여 있고, 벽면에는 만화책이 천장까지 들어차 있다. 그 가운데서 몇 년간 생활한 것이다. 활기찬 표정을 짓고 있는 만화책 표지의 주인공 위로 구더기에서 부화한 파리가 기어다닌다. 함께 현장을 둘러보던 동생의 고개는 쉽사리 들리지 않았다. 그 와중에 그의 업무 휴대폰에서 배달 요청을 알리는 콜이 쉴 새 없이 들어왔다. 방 안의 정적을 깨우는 유일한 소리였다.

쪽방촌으로 향하는 계단은 너무 좁고 가팔라서 실제로 출동하던 도중 넘어지거나 미끄러진 적이 많다. 계단은 한 무디기 넘었다고 생각했는데 고개를 들어 보면 아직 넘지 않은 계단이 넘어온 계단보다 더 많다. 쪽방 건물 내부에도 경사가 살벌하게 심한 계단이 인정사정없이 놓여 있는 경우가 대부분이다.

그런 쪽방 건물 4층에서 사람이 죽었다는 신고가 들어왔다. 남편이 죽었다는 것이다. 세상에 이런 계단이 어디 있냐고, 경찰관들은 입을 모았다. 계단의 단차가 너무 높아 오르는 건 어떻게 오른다고 해도, 내려올 때는 네 발로 기어가다시피 해야만 넘어지지 않는 구조였으니까. 계단 옆에는 지탱할 손잡이나 난간도 없었다. 사람이 사는 곳이라기보다는 사람을 눈에 보이지 않게 가둬놓는 용도로 만들어진 감옥 같았다.

때는 한여름. 건물의 통로는 외근용 조끼 하나만 걸쳐도 통과하기 힘들 정도로 좁았고 냉방 시설이 전혀 없어 땀이 미친 듯이 쏟아졌다. 거동이 불편해 밖에 나가지 못했던, 무자비한 계단을 미처 통과할 수 없었던 변사자는 푹푹 찌는 쪽방 안에서 죽음을 기다리는 일밖에 하지 못했다. 화장실도 주방도 없는 단칸 쪽방. 선풍기 하나로 더위를 물리치기에 그해 여름은 너무 뜨거웠다. 변사자를 살펴보던 의사는 열사병으로 사망한 것 같다는 소견을 조심스레 내보였다. 현장 경험이 많은 선배는 여기가 여름엔 더워서, 겨울엔 추워서 사람이 죽는, 서울에서 몇 안 되는 동네라고 했다. 쪽방촌 중에서도 유독 열악했던 이 집. 남편을 보내고 혼자 남은 중년의 부인도 거동이 불편하긴 마찬가지여서 남편을 운구하는 모습도 배웅하지 못하고 주저앉아 눈물만 흘렸다. 자식이 없는 것도 아니고 몇 명이나 있다는데. 자식들도 먹고살기 힘드니까 굳이 우리까지 짐을 보태고 싶지 않았다고 말꼬리를 흐리는 가난한 부모의 모습에서 가족의 의미를 반추해본다.

유교 국가니 장유유서니 우습기 짝이 없는 허울이다. 수많은 가정이 돈으로 뭉쳤다가 돈으로 해체된다. 돈 앞에선 자식도 부모도 없다. 현장에서 이런 모습을 자주 접하다 보니 돈을 쓸 때마다 나도 모르게 지폐와 카드를 가만히 쳐다보는 날이 많아졌다. 돈이 도대체 뭐기에. 수십억 원을 호가하는 고급 아파트에서 명품을 쌓아놓은 채 사망한 사람이 있었는데, 그 집 쓰레기통엔 만 원 이하의 지폐가 많았다. 천 원과 오천 원은 돈도 아니라는 듯 마구잡이로 구겨 버린 모습과 만 원 한 장 없어 냉난방을 가동하지 못하고 끼니를 굶는 사람들의 모습이 겹쳐신다. 우리 모두 사람으로 태어난 이상 결국 죽는다는 사실은 같다. 주거지에서 사망했기에 경찰관이 변사자로 처리한다는 죽음의 절차까지 동일하다. 그런데 삶의 모습은 왜 이렇게 다를까. 고개를 아무리 돌려봐도 답은 보이지 않는다.

지리산을 관할하는 서에서 일할 때만큼 고개가 무서운 적도 없었다. 지리산은 경남, 전남, 전북에 걸쳐 자리 잡은 해발 1,915m의 산이다. 죽기 위해 산에 가는 사람은 꼭 길이 없는 곳으로 간다. 키만 한 풀을 헤치고 디딤돌이 없는 땅은 기어서, 낙엽으로 뒤덮여 발판이 보이지 않는 곳은 발가락으로 더듬어가며 몇 시간 끝에 변사자를 찾고서야 숨을 돌리는 것도 잠시, 더 큰 관문이 남았다. 이 변사자를 들것에 싣고 다시 고개를 내려가야만 하는 것이다. 간혹 헬기로 변사자를 이송하기도 하지만 험준한 지형 조건 때문에 쉽지 않다. 지금껏 내가 출동한 사건 중 헬기로 이송한 건 딱 한 번뿐이었다. 변사자를 싣고 내려가다 변사자 한 명이 추가될지도 모른다는 서늘한 농담을 하며 하산에 성공했을 때의 안도감이란. 장장 일곱 시간에 걸친 죽은 자와의 산행이 끝나면 바지는 날카로운 풀에 쓸려 여기저기 구멍이 나 있고, 땀이 났다 식었다를 반복해 몸살 기운까지 돈다.

하루를 꼬박 바쳐도 과학수사요원의 손에 남는 건 변사 한 건을 처리했다는 건조한 통계치뿐. 범인을 직접 검거하는 부서가 아니기 때문에 언제나 뒷전으로 밀려난다. 우리가 아니면 발견되지 못할 분들을 누가 좋은 곳으로 보내주겠냐는 선배들의 위로도 딱히 효험이 없다. 죽음을 결심한 사람이 오른 길을 따라 죽음의 흔적을 찾아다니는 일, 해도 해도 보람차지 않다. 사망한 지 최소 한 달. 한 달 넘게 치켜올라간 채 굳어 있던 고개. 결심을 북돋아줬을 빈 소주병 하나. 낙엽 위로 흐트러진 머리카락. 얘가 여기서 왜 이러고 있냐고 통곡하던 유족의 꺾인 고개.

고개는 넘을수록 슬픈 것이었다.

단속하는 마음

단속[1] (團束) 「명사」

1) 주의를 기울여 다잡거나 보살핌.

2) 규칙이나 법령, 명령 따위를 지키도록 통제함.

단속[3] (斷續) 「명사」

1) 끊겼다 이어졌다 함. 또는 끊었다 이었다 함.

— 꼭 이렇게까지 해야겠습니까?

고지서를 받아든 기사님이 눈물 맺힌 얼굴로 호소했던 말이다. 이 목소리는 아주 오래도록 나를 따라다니고 있다.

늘 하는 생각이지만, 경찰관의 이미지가 좋지 않은 데는 단속이 큰 몫을 차지하는 것 같다. 대뜸 돈을 내라고 하는데 세상 누가 좋아하겠는가? 물론 그 사람이 무언가를 위반하여 단속된 거지만, 원인은 크게 중요하지 않다. 이번이 처음이다, 술을 마시긴 했어도 정신은 멀쩡하다, 지금 가족들 만나러 가는 길인데 (이 말은 무조건 한다.) 우리 애들 생각해서라도 한 번만 봐주면 안 되겠냐는 말이 주렁주렁 달린다. 만취한 상태로 그런 변명을 하는 게 너무 황당한 나머지 애들 생각해서라도 대리운전 기사님을 불러야지 왜 직접 운전했냐고 되물었더니, 싸가지가 있니 없니부터 시작해 어린 년이 말대꾸한다고 대응 전략을 바꾸던 중년 남성. 단언컨대 그는 지금도 음주운전을 하고 있을 것이다. 음주운전을 한 번이라도 했던 사람은 아예 술을 끊거나 운전을 끊지 않는 이상 갱생하는 걸

못 봤다. 이렇게 한 번 단속된 사람이 수많은 지인에게 경찰관 욕을 하고 다니니 수적으로 완전히 불리한 싸움이다.

고속도로 운전 중 속도위반으로 적발된 것에 분노한 남성이 자신을 촬영한 카메라를 훔쳐 노상에 버린 사건이 있었다. 고속도로 갓길의 철제 부스 안에 설치된 카메라였는데, 갓길에 주차한 후 부스를 열어 안에 있는 카메라를 뜯고 가져간 거였다. 운전을 해본 사람은 알겠지만, 도로에 설치된 신호위반 · 과속 단속장비는 예를 들어 규정 속도가 60km일 경우 차량의 속도가 61km가 되었다고 해서 바로 단속하는 게 아니다. 카메라 밑을 지나가는 그 순간만 포착해서 촬영하는 원리가 아닌 데다가 차량 운행의 특성과 속도 감지 기술력의 한계로 인한 오차 범위까지 계산해 나름 후한 인심을 보여준다. 왕복 110km 거리 출퇴근을 2년 넘게 하며 고속도로 통행료로만 200만 원을 넘게 쓴 내 경험을 비추어볼 때, 고속도로에서 속도위반 단속에 적발되었다면 상당한 고속 주행을 했다는 뜻이다. 고속도로는 규정 속도가 높은 만큼 오차율 또한 높아지므로 감안해주는 폭도 커지기 때문이다. 자신의 과오를 돌아볼 생각은 하지 않고 직접 카메라까지 훼손하는 종잡을 수 없는 전개에 많이 놀랐었다. 모르고 한 행동이겠지만 신호위반 · 과속 단속장비 가격은 상당히 비싸다. 과거엔 한 대에 5,000만 원이 넘었던 시절도 있었다는데, 조금 저렴해졌다곤 해도 여전히 수천만 원을 호가하는 국유재산이다. 그 사람은 범칙금 몇만 원만 내고 끝날 일을 엄청나게 키운 셈이다.

경찰관의 단속 업무는 담당하는 부서에 따라 종류가 다양하다. 2023년 기준 도박과 성매매 같은 풍속 업소 단속은 생활질서계, 교통법규 위반 단속은 교통과, 마약사범은 마약수사대에서 담당하고 있으며 이외에도 많다. 어쨌든 이 모든 단속의 기초가 되는 곳이 바로 지구대와 파출소, 일명 '지역경찰'로 일컫는 곳이다. 지구대와 파출소는 규모에 따라 명칭만 다를 뿐 같은 곳이다. 42인치 모니터와 32인치 모니터쯤의 차이로 생각하면 되려나. 지역경찰의 주된 업무는 112 신고 처리인데, 지구대장이나 파출소장 혹은 경찰서장으로 어떤 사람이 오느냐에 따라 업무 강도는 천지 차이다. 불행히도 나는 단속에 목을 매는 상관만 만났다.

112 신고 처리하기도 바쁜데 교통 단속부터 음주운전 단속까지 팀별로 경쟁을 붙여 실적을 올리도록 강요받은 악몽만 가득하다.

때는 6년 전. 내가 근무했던 파출소의 소장님은 파란색 플러스펜 하나로 사람을 괴롭히는 재주가 있던 분이었는데, 단속 실적에 눈이 돌아갈 정도로 집착을 보였다. 당시 파출소에는 총 네 개의 팀이 있었는데, 매일 아침(조회)과 저녁(석회)에 회의를 열어 본인이 손수 만든 팀별 교통단속 건수 그래프를 파란색 플러스펜으로 빗금까지 그어가며 질타를 퍼붓는 것이 아침의 시작이요, 저녁의 마감이었다. 야간 근무로 밤을 새우고도 아무짝에도 쓸모없는 실적 회의 때문에 제시간에 퇴근하지 못한 근무자들의 눈이 충혈되어 벌겋게 달아올라도, 닦달하느라 눈이 벌게진 소장님은 그들의 고통이 보이지 않는 듯 굴었다. 그가 딱지를 이것밖에 못 끊었는데 밥이 넘어가고 퇴근이 기대되냐는 막말을 화살처럼 쏟아낼 때, 나는 단속의 의미에 대해 고민을 많이 했다.

경찰관은 왜 단속을 하는가. 단속의 가장 큰 의의는

범칙금을 거둬들여 세수를 확보하는 것이 아니라, 국민들이 보다 안전한 사회에서 살 수 있도록 고안된 법규를 안내하는 것이지 않을까. 법규를 위반할 경우 사건 사고 발생 위험이 급격히 높아지기 때문에 이를 예방하는 차원에서 범칙금 혹은 과태료라는 장치를 둔 것이다. 경찰은 국민을 상대로 장사를 하는 기관이 아니지 않나. 경찰관직무집행법과 경찰법에 명시되어 있듯, 언제나 경찰관의 임무는 '국민의 생명 · 신체 및 재산을 보호'하기 위해 행해져야 한다. 하지만 어떤 이들은 계급이 높다는 이유로 무분별한 경쟁을 부추기고 계급 사회라는 이유로 부패한 질서에 복종하도록 강요한다.

'비보호 좌회전'이라는 개념을 알린다는 명목으로 대대적인 단속이 실시되었을 때, 적발된 운전자들이 침을 튀겨가며 욕설을 뱉을 때도 맞받아치지 못했던 이유는 나 역시도 억지스러운 단속이라고 느꼈기 때문이다. 헬멧을 쓰지 않은 오토바이 운전자를 잡으려 사이렌을 울릴 때도, 무단횡단을 하던 어르신을 단속할 때도, 안전띠 미착용을 단속하기 위해 선팅 때문에 깜깜한 창문을 뚫어지게 바라볼 때도 의문이었다. 범칙금 고지서를 인쇄하는 소리가 꼭 나를 갈아 넣는 소리처럼 들렸다.

이 정도면 충분하다고 느꼈지만 소장님의 기대치에는 미치지 못하는 실적으로 인해 꾸중과 면박이 이어지던 어느 날, 중앙선을 침범하는 택시 한 대를 발견했다. 2023년 기준 승용차의 경우 6만 원의 범칙금이 부과되는 중앙선 침범. 솔직히 월척이라고 생각했다. 실선에서 유턴을 하던 택시를 향해 사이렌을 울리고 다가가자 택시는 당황한 듯 서둘러 갓길에 정차했다. 기사님보다 더 당황한 사람은 택시에 탑승하려던 손님이었다. 보아하니 손님이 1차선에서 좌회전 신호를 기다리던 택시를 발견해 손짓하자 기사님이 그쪽으로 향하던 중 단속에 걸린 상황이었다. 기사님보다 손님이 한 번만 봐달라고 애타게 요청하며 애초에 길 건너편에서 택시를 부른 본인 잘못이니 계도 조치로만 끝내주길 거듭 부탁했다. 하지만 나는 계도 조치로 끝낼 수 없었다. 소장님의 불호령이 떠올랐으니까. 어떻게든 한 건은 올리고 돌아오라는 질타. 밥값은 하고 살라는 윽박. 상황은 안타깝지만 어쨌든 기사님이 위반을 한 사실은 명백하다는 자기방어까지. 결국 나는 기사님의 신분증을 확인하고 중앙선 침범

명목의 고지서를 발부하고야 말았다. 더욱 난처해진 손님과 일렁이는 눈으로 고지서를 받아 꼬깃꼬깃 접던 기사님이 읊조린 말.

— 꼭 이렇게까지 해야겠습니까?

이 말이 왜 그토록 사무쳤을까. 단속에 걸려 기분 나쁘다는 것을 표현하기 위해 고지서를 집어던지고 가는 사람을 숱하게 봐서일까. 경찰관 얼굴에 침까지 뱉는 사람을 본 적 있어서일까. 잘 접은 고지서를 주머니에 넣으면서 읊조리는 기사님의 질문 아닌 질문에 나는 경찰관이라는 직업이 싫어졌다. 남에게 절망감을 심어주는 직업이라니.

석회에서 이루어진 실적 회의에서 나는 처음으로 소장님에게 칭찬을 받았다. 영업용 차량임에도 적극적으로 나서서 단속을 실시한 모습을 본받으라는 당부가 이어질 때도 기사님의 물음이 머릿속을 떠다녔다. 개인택시도 아니던데. 회사에 소속된 택시라면 사납금 내고 수수료 떼고 가스 충전까지 하면 얼마나 남으려나. 그냥 6만 원이 아니라 피 같은 6만 원이었으려나. 나는 정말 나쁜 단속을 벌였는지도 모른다. 소장님한테 꾸중 한 번 듣고 말 걸 그랬다. 늘 듣는 꾸중인데 하루 더 듣는다고 더 악화된 상황을 맞이하는 것도 아닌데.

음주 단속을 하다 도망가는 차량에 치여 안면부가 골절되었다는 동기의 근황, 성매매 업소 단속 때 평소 좋아하던 연예인을 현장에서 검거했다는 선배의 씁쓸한 경험담, 실적으로 노래를 부르고 부하 직원을 괴롭히던 소장님이 무탈하게 정년퇴직했다는 말이 고지서처럼 날아들었다. 단속하는 마음을 다잡던 길 위의 경찰관은 어떤 모습으로 남을까. 당연한 일을 한 거니까 더는 곱씹지 말자 싶다가도 귓속에서 고함이 끊어졌다 이어졌다 반복되면서 끝끝내 사라지지 않는다. 희미하게 울려 퍼진다. 꼭 이렇게까지 해야만 했냐고. 나도 어쩔 수 없었다고….

공무도하가

강[1] (江) 「명사」

1) 넓고 길게 흐르는 큰 물줄기.

강[13] (腔) 「명사」

1) 몸 안의 빈 곳.

심연(深淵) 「명사」

1) 깊은 못.

2) 좀처럼 빠져나오기 힘든 구렁을 비유적으로 이르는 말.

임아 물을 건너지 마오

임은 끝내 물을 건너시네

물에 빠져 돌아가시니

가신 임을 어이할꼬

고조선 시대의 고대가요 〈공무도하가〉의 전문이다. 학창 시절 국어 시간에 배웠던 작품인데, 학교를 졸업한 지 오래된 지금은 작품에 대한 학문적 해석은 기억이 나지 않지만 매일 외는 불경이 되었다. 공무도하가의 '하(河)'는 물, 강, 운하 등을 의미하는 한자다. '강'이라. 바다보다는 좁고 계곡보다는 커다란 강. 강은 사람이 한 번 빠지면 나올 수 없는 통곡의 장소다. 멋대로 들어갔다가 후회하기도 전에 벗어나지 못하는 곳. 서울을 가로지르는 한강에서 너무나 많은 사람이 투신한다. 내 시각으로는 부동산 시장을 지탱하는 한강이 아니라 유족의 눈물로 채워진 한강과 다름없다. 언제 보아도 익숙해지지 않는 사망자 수. 어쩌다 뭍이 아닌 물로 향하셨나. 그들에게 묻고 싶은 게 많다. 다리에 수많은 CCTV가 설치되어 있고 난간도 높은데, 이 모든 장치로도 막을 수 없던 이들에게.

한강에서 선상 낚시를 즐기던 낚시꾼의 바늘에
물고기가 아닌 사람이 걸렸다는 신고가 들어온 날은
참 추웠다. 변사자는 발견된 날로부터 2일 전 한강에
투신하는 장면이 행인에 의해 목격되어 경찰관이 수색
중이던 사람으로 밝혀졌다. 목격자에 의하면 변사자가
투신 직후 강 속에서 살려달라는 비명을 질렀단다.
도대체 왜 들어갔느냐고, 물속에서 부패가 진행돼
푸른빛이 도는 그의 몸을 붙잡고 묻고 싶었다. 강에
들어가는 즉시 후회할 거 왜 그랬냐고. 그렇게 사는 게
힘들었냐고. 바늘에 찔린 만큼 몸 안의 빈 곳이 많았던
변사자는 나의 질문에 아무런 대답도 하지 못한 채
장례식장에 안치되었다.

물을 잔뜩 머금은 노인 변사자를 한강에서 인양한
뒤 검시하기 위해 안치실에서 짐을 풀어헤치다가 옷
속 주머니란 주머니에 커다란 돌들이 가득 들어 있는
모습을 보고 탄식이 흘러나왔다. 이토록 행동하게 만든
삶의 가혹함이여. 영영 강 속에 잠기고 싶어 하나둘
주워 모은 돌의 무게까지 끌어안고 투신하게 만든 생의
절벽이여. 사는 게 얼마나 지긋지긋했을지 짐작도 가지
않는다. 이따금 옷에 돌을 넣어둔 변사자를 마주할

때면 한강은 강이 아닌 절망의 심연이라 믿어졌다. 이곳이 심연이 아니면 무엇일까. 속절없이 사람을 집어삼키는 한강에서 더는 어떤 진실도 가라앉아선 안 된다. 추운 날씨에 한강이 얼어붙은 것도 모르고 투신하다 딱딱한 얼음에 머리를 부딪혀 사망하는 사람도, 다리 아래로 굳건히 걸어 들어가 이내 강 속으로 사라지는 사람도 있다. 그걸 지켜보면서도 말리지 못하는 고통이 참을 수 없이 쓰리다. 임아, 제발 그 물을 건너지 마오. 임은 끝내 물을 건너시네. 나는 할 수 있는 게 없네. 정말 아무것도 없네….

미국 드라마 〈CSI 과학수사대〉에 나오는 요원들의 모습과 실제 한국 과학수사요원의 모습 중 눈에 띄게 다른 점은 '현장 차단'이다. 드라마에서는 과학수사요원들이 형사의 도움을 받아 사건 현장을 완벽하게 차단한 후 감식을 진행하지만, 대한민국의 현실은 그렇지 않다. 일단 경찰관이 출동하면 동네 사람들이 구경하러 오고 무슨 일인지, 살인 사건이 났는지 쫓아다니며 묻는다. 과장이 아니라 모두 현장에서 실제로 겪은 일이다.

얼마 전 한 남성이 복도식 아파트에서 몸을 던져

2층의 공용 화단에 떨어져 사망했다. 현장 사진을 꼼꼼히 촬영해야 하는데 이 아파트는 복도식이 아닌가. 주민들이 모든 층의 복도 난간을 붙잡고 목을 길게 빼서는 시체를 구경했다. 어떤 사람은 이것도 저것도 조사해보라며 수사 지휘를 하는가 하면, 시체는 나중에 처리하고 피부터 닦아달라며 고래고래 소리 지르는 사람도 있었다. 사람은 죽는 순간 존엄성을 잃고 누군가의 유희거리로밖에 보이지 않는 걸까? 보지 말고 가시라고 해도 내 말은 물방울처럼 힘없이 떠다니기만 할 뿐 그들에게 닿지 않았다. 왜 그토록 보고 싶어 할까. 살아생전엔 관심도 없더니 죽고 나서야, 도대체 왜.

이런 문제는 한강에서 더욱 도드라진다. 한강엔 아무 가림막이 없다. 장례식장 운구차가 올 때까지 강에서 수습한 시신을 둘 곳도, 감출 장비도 없다. 텐트가 지급되긴 하지만 경찰관 두 명이서 텐트까지 쳐가며 현장을 차단한 후 검시를 진행하기란 현실적으로 무리다. 최대한 빨리 변사자를 수습해 장례식장으로 옮기는 게 훨씬 낫다. 우선 촬영을 맡은 사람은 변사자와 카메라를 번갈아 잡을 수 없다. 카메라에 변사자의 체액이나 부패 혈성액 등이 묻으면 안 되니까. 카메라는 고가의 물품인 데다 개인 지급품이 아니고 팀 전체가 카메라 하나를 마르고 닳도록 써야 하므로 아낄 수밖에 없다. 그러면 남은 한 명이 변사자의 소지품 확인부터 신체 촉지까지 다 해야 하니 마음만 급해진다. 이런 상황에서 유동 인구가 많은 한강에서는 시신을 어디로 인양하든 구경꾼이 따라붙는다. 새벽이라고 사람이 없는 것도 아니다. 평일과 휴일, 오전과 오후를 막론하고 붐비는 한강. 불투명한 천 사이로 언뜻 비치는 변사자의 모습을 보기 위해 코앞까지 다가오는 사람들. 이 일을 하면서 국민의 윤리의식에 대한 믿음까지 부서진 지 오래다. 그래도 선한 사람이, 기본은 지키는 사람이 더 많을 거라는 믿음 말이다.

구경꾼 무리에 있던 어느 할아버지는 노골적으로 휴대폰을 들이밀며 변사자의 사진을 수십 장 찍어댔다. 경찰관이 제지해도 외려 눈에 보이니까 찍었을 뿐이라고, 본인에겐 얼마든 사진 찍을 자유가 있는데 경찰관들이 무슨 이유로 자신의 자유를 꺾냐며 펄쩍 뛰었다. 분풀이를 하고 싶었는지 자신을 제지하던 경찰관의 얼굴까지 찍어대는 그의 모습이 참… 어쩌다

저 지경으로 나이를 먹은 건지 개탄스러웠다. 플래시가 터질수록 머리가 지끈거렸다.

난간 앞에 신발과 안경을 가지런히 벗어두고 강으로 향한 사람이나, 자신의 신원이 확인되지 않을까 봐 방수 팩에 신분증을 넣은 채로 투신한 사람을 만날 때면 이들이 삼도천을 무사히 건너기를 바란다. 사람이 죽은 후 저승으로 갈 때 만난다는 커다란 강, 삼도천. 강에 뛰어들어 삶을 마감한 사람에게는 남은 길을 쉽게 건널 수 있게 배 한 척 주어지면 좋겠다. 그렇게 악하지도 완전히 선하지도 않은 사람만 건널 수 있다는 삼도천이, 이미 강에 뛰어든 이들을 따뜻하게 감싸주면 좋겠다. 가수 이상은이 1995년에 발표한 〈삼도천〉은 그가 작사, 작곡, 편곡을 모두 맡은 노래인데 이런 가사가 있다. '내가 나로 있느니 네가 없느니 강물로 뛰어들어 모두 잊겠네.' 강물에 뛰어들었다는 사실까지 다 잊은 채 이제는 고통 없는 곳으로, 내가 만났던 모든 변사자가 너른 풀밭으로 향하길 빈다.

고된 당직 근무를 마치고 27시간 만에 돌아온 방에서 물비린내가 나는 것만 같아 인센스 스틱을 피웠지만,

향냄새 때문에 오히려 방 전체가 커다란 안치실로 느껴진다. 침대에 누운 몸은 관에 갇힌 것처럼 굳어져 좀처럼 일어날 수 없다. 과학수사에 오래 몸담은 어느 선배는 여름철 물놀이를 하다 사망한 어린아이들의 시신을 너무 많이 본 나머지, 자신의 자녀와는 물놀이를 한 번도 해본 적이 없다고 했다. 자녀의 얼굴에서 이미 강을 건넌 어린이들의 얼굴이 스쳐 지나갔으니까. 그 공포심 때문에 아이들이 물에 빠질세라 긴장을 늦추지 못하고 감시만 해왔단다. 강에서 익사한 초등학생의 눈꺼풀을 꽉 닫아주지 못했던 초임 시절의 미숙함을 퇴직할 때까지 가슴에 담고 후회하는 대한민국 경찰관이 있다. 마음 한구석이 기척도 내지 않고 비어버린 우리들. 그 모습을 보며 어쩌면 앞으로 더 많은 것을 잃게 될지도 모를 후배 경찰관들, 그리고 나.

어느 것이든 물을 먹으면 몰골이 꽤 슬퍼진다는 사실을 안다. 변사자의 손목에 수갑처럼 남아 있던 낡은 시곗줄. 투신할 때의 충격으로 액정이 깨져버린 휴대폰. 한쪽만 남은 밑창 닳은 신발. 주인 잃은 가방. 그 가방을 인계받고 일렁이던 유족의 눈동자. 젖어서

잉크가 번진 쭈글쭈글한 병원 진단서. 지갑 속에서
발견된 로또 용지. 물고기에게 먹혀 사라져버린
변사자의 입술, 그로 인해 다물어지지 않던 입.
이상은의 노래가 먹먹하게 멀리서 들려온다.

초록풀이 자라는 대지야 생겨나라 어서어서
꽃을 밟으며 뛰어들리

부패엔 계절이 없다

부패[4] (腐敗) 「명사」

1) 정치, 사상, 의식 따위가 타락함.

2) 단백질이나 지방 따위의 유기물이 미생물의 작용에 의하여 분해되는 과정. 또는 그런 현상. 독특한 냄새가 나거나 유독성 물질이 발생한다.

신고식이라도 치르는 것처럼, 과학수사대로 발령받고 처음 출동한 사건은 부패 변사 현장이었다. 출근 첫날 접수된 변사 신고라니. 현장 상황을 전하던 파출소 경찰관은 냄새가 많이 난다는 말을 희미하게 덧붙였다. 그러나 아직 사무실 자리도 정해지지 않은 새내기의 손에는 덴탈 마스크 한 장뿐이었으니 알몸으로 전장에 달려가는 꼴이었다. 다시 생각해도 아찔했던 첫 부패 냄새. 언젠가 정어리 떼가 집단으로 폐사한 해변가 근처를 지나가다 냄새 때문에 머리가 어지러워 치를 떤 적이 있는데, 부패한 사람에게 나는 냄새는 그 수준을 능가했다. 나보다 먼저 변사 사건을 접했던 경찰 동기가 과학수사과에 지원하려는 나를 만류했던 가장 큰 이유도 썩은 냄새를 맡아봐야 몸에 좋을 게 하나도 없다는 거였다. 험한 현장을 다루는 부서에 왜 지원하려 하냐고 묻던 동기는 작게 한숨 쉬다가 하긴 세상 사람들 모두 보기 싫어하는 것들을 경찰관이 보지 않으면 누가 봐주겠냐며 더 이상 말리지 않았다.

보통 일반 공무원의 인사는 대부분 강제 발령이다. 일정 근무 기간이 채워지면 당사자의 의사와는 상관없이 다른 과로 발령 난다. 그렇게 돌고 도는 시스템. 전임자 또한 어딘가로 발령이 나 떠나버린 후여서 홀로 업무를 해치워가며 실시간으로 파악할 수밖에 없는 다소 상식 밖의 시스템이다. 그에 비해 경찰관은 매년 인사 철마다 부서별로 지원자를 모집하고, 서류심사와 면접을 거쳐 선발하는 과정이 있어 여타 공무원보다는 부서 이동에 당사자의 의지가 많이 반영되는 편이다. 하지만 그 자리에 앉기까지 무슨 일을 할지는 지인이 있지 않은 이상 알 수 없는 건 매한가지. 나도 과학수사과에서 '변사자를 처리한다' 정도만 알았지, '처리'라는 단어에 어떤 업무가 포함되는지는 전혀 알지 못한 상태였다.

처음 부패 변사를 마주하고 충격받은 것도 잠시, 변사자 검시를 위해 머리부터 발끝까지 손으로 만지며 확인하는 걸 보고 정말 깜짝 놀랐다. 흉기에 찔린 상처인 경우 상처의 크기만 측정하는 것이 아니라 깊이까지 재는 것도, 신체가 절단되었을 경우 절단면까지 낱낱이 확인해야 하는 것도 일을 시작하고 알게 되었다. 이 일을 잘할 수 있을까에 대한 생각보다는, 해낼 수 있을까 하는 물음이 앞섰다. 잘하기보다 어쨌든 해내야만 하는 게 우선순위였다. 우리가 하지 않으면 안 되는 일이니까. 변사자, 다른

말로 시체와 함께 단둘이 남겨진 방 안에서 죽음의 실마리를 찾으며 나는 자주 쓸쓸했다.

부패했다는 건 결국 '늦게 발견되었다'는 뜻이다. 시체가 처한 환경의 온도가 높으면 부패 속도가 빨라지긴 하지만, 어쨌든 사망한 사실이 뒤늦게 알려졌다는 방증이다. 결혼을 하지 않기로 결심한 사람에게 '혼자 살면 외롭다.' '병원은 누가 같이 가주냐.'는 말이 추임새처럼 따라붙는 사회지만 많은 변사자를 보니 꼭 그렇지도 않더라. 대가족을 일군 사람이라고 평온하게 죽음을 맞이한다는 법은 없다. 애초에 죽음이라는 초현실적인 단계 앞에서 결혼으로 만들어진 가족보다는 사는 동안 어떤 커뮤니티를 형성해왔는지가 더 중요하다. 가족이 없어도 자주 왕래하는 친구나 이웃이 있다면 실시간으로 생사가 확인되지만, 형제자매와 자식이 넘치게 있어도 왕래가 없으면 부패의 마지막 단계인 백골로 발견되기도 한다. 법적 가족이 아니면 생활동반자는 아무 권리도 없는 고리타분한 나라에서 법보다 더 강력한 연대를 자주 본다. 타인을 향한 사랑과 관심만 있다면 누구나 식구가 될 수 있다. 물론 법적인 한계 때문에 함께 키워온 모든 것에 대해 점유를 인정받기 어려운 문제가 있지만, 그들은 누구보다 사랑하는 이의 죽음을 슬퍼했다. 십수 년간 연락이 끊어진 상태여서 시신 인도조차 거부하는 가족은 법으로 인정받지만, 십수 년간 상대만을 바라보며 살아온 사람은 혼인 관계가 아니라는 이유만으로 타인이 되어버리는 걸 보면서 진짜 부패한 건 허울뿐인 법과 제도라고 생각했다.

고시원이나 원룸텔에서 변사 신고가 접수될 경우, 높은 확률로 부패 변사다. 방음이 전혀 되지 않는 얇디얇은 벽 하나 세워진 방이지만, 사는 게 뭐기에 만리장성보다 넘기 힘든 건지. 결코 열릴 일 없던 방문을 연 순간 갇혀 있던 냄새가 복도로 빠져나온다. 창문이 없어 더 꽁꽁 가둬졌던 죽음의 기운이 모두를 우울하게 만든다. 사람이 죽은 후 부패가 시작되면 체액이 나오는데, 몸 하나 겨우 누일 수 있는 공간은 이미 체액으로 뒤덮인 상태였다. 이 문이 조금 더 빨리 열렸다면 체액 대신 속에 있는 이야기를 쏟아낼 수 있지 않았을까 싶지만, 나라고 뭐가 다른가. 지하철에서 매일 마주치는 사람에게 다정한 목례 한번 건네준 적 있던가. 어깨를 조금만 스쳐도 표정부터 구기지 않았던가. 파리 떼를 겨우 쫓아내며 책상 위 흔적을 더듬는다. 정갈한 메모와 레토르트 식품을 샀던 영수증, 바래버린 책, 보급형 스마트폰이 어지럽게 널려 있다. 물건에게 할애한 한 뼘짜리 꿈. 가장 부패하지 않은 사람이 부패한 모습으로 발견되는 이곳은 2023년의 서울. 신발 바닥이 끈적거리는 체액에 쩍쩍거리며 들러붙는다. 한때 생명이었던 그의 비명이 쩍쩍 늘어지는 듯하다.

가족과 함께 살아도 부패한 채로 발견되는 변사자가 있는데, 범죄 목적으로 죽음을 은폐한 게 아니라면 대부분은 가족에게 장애가 있는 경우다. 시골 마을에서도 유독 허름하게 자리 잡은 주택. 현장에 도착하니 이미 주택 앞에 동네 어르신들이 모여 계셨다. 어르신들이 앞다퉈 우리에게 상황을 설명해주셨는데, 이야기를 들어보니 부부 모두 지적장애가 있고 사망한 쪽은 아내라고 한다. 아내의 모습이 꽤 오랫동안 보이지 않는 걸 이상하게 여긴 주민이 집을 방문했고 거실에 눕혀진 채 부패하고 있는 변사자를 발견했다고.

집 내부에서 변사자의 남편과 담당 형사가

언성을 높이고 있었다. 지적장애가 있는 남성은 난데없이 경찰관이 들이닥쳐 아내를 빼앗아가는 걸로 받아들인 것 같았다. 아내가 사망했는데도 왜 알리지 않았냐고 묻자 죽은 사람을 바로 눕히고 20일이 지나면 부활한다는 대답이 돌아왔다. 그의 눈에 우리는 아내의 부활을 저지하는 악마일 뿐이었다. 딸도 지적장애가 있어 엄마가 단순히 잠을 오래 잘 뿐이라고 믿고 있었다. 죽음이라는 개념을 명확히 인지할 수 없는 가족은 부패의 냄새도 맡지 못했던 모양이다. 우리의 감각 대부분은 어쩌면 편견이나 왜곡된 생각에 수반되는 것인지도 모른다. 사모님은 돌아가신 겁니다, 장례를 치러야 합니다, 이대로 두면 안 됩니다…. 형사의 설득은 끝날 기미가 보이지 않았다. 병원 한번 가보지 못하고 생을 마감한 변사자에게 과연 나라가 있었는지 묻고 싶었다.

일가족 모두 지적장애가 있는 집에서 부패한 변사자가 발견되는 일은 드문드문 있다. 뇌병변 장애인인 오빠를 따라 어린 시절 재활원을 자주 드나들었던 나는, 일가족 얼굴에서 오빠를 비롯한 재활원 친구 여럿을 본다. 1부터 10까지 세는 것이 학창 시절의 유일한 목표였던 친구들을. 유난히 걷는 걸 좋아하던 친구, 빵 만드는 데 재능이 있던 친구, 청각이 극도로 예민하던 친구, 날짜에 관한 기억력이 남달랐던 친구. 생김새만큼 보유한 재능도 각양각색이던 그들의 얼굴에 웃음꽃이 피게 만드는 건 오롯이 가족의 몫이었다. 부모가 얼마나 케어하느냐에 따라, 장마가 이어지는 세상살이에 간간이 햇볕이 내리쬐는 날이 찾아온다. 하지만 그게 어디 쉬운 일인가. 기약도 한도도 없는 세월과 비용을 감내하는 게.

어린 시절 내내 엄마는 복지 담당 공무원과 전화로 싸웠다. 앞서 언급한 것처럼 담당 공무원은 2년마다 자리를 옮기고, 그로 인해 제대로 인수인계 받는 것도 어려운데 법령이나 제도는 생겼다가 소리 소문 없이 사라지기를 반복한다. 행정과 현실의 간극은 그만큼 커지고, 목청이 터지는 건 당자들뿐. 엄마가 절규할수록 오빠가 받는 기회나 혜택이 늘어간 반면, 눈물 흘릴 힘조차 없는 사람들은 사회 서비스로부터 점점 멀어졌다. 맨손으로 흙 푸는 것부터 시작해 벽돌집을 일구기까지 장갑 하나 주어지지 않아 손등이 다 까지고 요령이 없어 아주 먼 세월을 돌아가야만 하는 인생이 있다. 개인의 노력으로만 치부하기엔 부패의 냄새가 너무 짙다.

혼자 사는 중년 여성이 자살하고 한참 뒤 발견된 현장에 갔던 날. 목을 맨 변사자를 바닥으로 눕히는 게 급선무여서 총 세 명이 달라붙어 내리려던 찰나, 갑자기 변사자가 소리를 질렀다. 새벽인 데다가 어두컴컴한 집에, 분명히 죽은 사람인데 소리 지르는 걸 들으니 기절초풍할 노릇. 하지만 과학수사요원이라는 체면 때문에 애써 침착한 척했다. 목을 매고 사망한 지 오래된 경우, 몸속의 부패 가스가 밖으로 나오지 못하다가 목을 묶은 삭상물을 푸는 순간 목구멍을 통해 바깥으로 빠져나오기도 한다. 변사자 입에서 나오는 가스가 슈렉 피부처럼 초록색인 걸 직접 본 적도 있고, 방심한 틈에 가스를 마신 형사가 호흡곤란이 와서 실신했다는 이야기를 들은 적이 있다. 부패 가스인 만큼 인체에 유해하기 때문이다. 애초에 초록빛을 띠는 기체가 몸에 좋을 리 없다. 부패 가스가 밖으로 나올 때 '끄그극' 정도의 소리가 나는데, 이번 여성 변사자의 경우 성대를 울려 사람 목소리가 났던 것이다. 같이 있던 선배도 엄청 놀란 눈치였다. 추후 의사에게 물어보니 아주 드문 경우지만 부패 가스가 성대를 지나가면서 살아생전 목소리와 거의 흡사한 소리가 나오기도 한단다. 한참 전에 죽은 사람의 목소리를 듣게 되다니, 죽음은 생과 크게 분리되지 않은 것 같다.

변사자는 가정불화로 이혼 후 소일거리를 하며 다소 힘들게 생계를 유지하다 '로맨스 스캠'으로 전 재산을 편취당해 목을 맨 것이었다. '로맨스 스캠'이란 '로맨스'가 붙은 걸로 알 수 있듯이, SNS를 통해 피해자에게 접근해 호감을 형성한 뒤 각종 명목으로 돈을 갈취하는 신종 사기 수법이다. 보통 파병 중인 미군이나 해외 비밀 조직원을 사칭하고, 파병 국가에서 크게 다쳤다는 명목으로 병원비를 부탁하거나 자금이 특정 이유로 묶여 있어 보증금 명목의 거액을 보내달라고 하는 수법이 가장 흔하다. 자신의 얼굴이라고 보내주는 사진은 모두 거짓. 보이스피싱과 마찬가지로 이 범죄도 도대체 왜 당하는 건가 싶지만 누군가에 기대고 싶은 사람이 있기 마련인지라 주로 심적으로 힘든 상황인 분들이 많이 당한다. 이혼이나 사별로 혼자가 된 사람, 타인의 관심이 그리운 사람의 텅 빈 마음을 국제적인 사기꾼이 교묘하게 파고든다.

그래서인지 로맨스 스캠은 피해자가 중장년층인 경우가 많다.

이번 변사자도 로맨스 스캠의 피해자였고, 메신저엔 번역기를 사용해 서툴게 고백한 마음이 가지런히 쌓여 있었다. 형편이 어려웠지만 상대의 부탁을 거절하지 못하고 전 재산뿐만 아니라 대출받은 돈까지 모두 보낸 모양이었다. 사기꾼은 자기를 믿어달라는 말만 반복했고, 네가 돈을 갚지 않으면 죽을 수밖에 없다는 게 변사자가 보낸 마지막 답장이었다. 우리가 변사자를 수습하는 동안에도 사기꾼에게서 연락이 왔다.

— Hello, my darling.

그는 자신이 속인 피해자가 죽었다는 사실을 알까? 알더라도 놀라기나 할까? 변사자의 마지막 목소리가 자꾸 귓가에 맴돈다. 우리에게 하고 싶은 말이 있었던 걸까. 누군가의 딸이자 언니였고 한 명의 대한민국 국민이었던 변사자는 현장에 출동한 경찰관의 보고서로 삶의 마침표를 찍게 되었다. 짐승 울음과도 같던 소리는 오래도록 나를 떠나지 않을 것이다.

더운 날씨에 음식이 빨리 상하듯이 사람도

마찬가지여서 비교적 여름에 부패 변사 신고가 많다. 하지만 겨울이라고 없는 것도 아니다. 전기장판과 보일러 때문이다. 부패는 계절을 가리지 않고 찾아오는 죽음 이후의 자연적인 순환 단계다. 변사자의 신체 부위를 가리지 않고 에워싸는 수많은 구더기. 구더기는 시간이 지나면 파리가 되어 출동한 경찰관 주위에서 회오리를 일으키며 비행을 즐긴다. 그 밖에 바퀴벌레나 꼽등이도 셀 수 없이 많다. 개구리만 한 꼽등이를 보고 쓰러질 뻔한 적도 여러 번이다. 현장에서 모기에 물리는 경우도 많은데, 이 모기가 변사자의 피를 먹은 모기인가 생각하면 삶과 죽음이 결국 같은 선상에 있다는 걸 실감한다. 부패 냄새는 언제 맡아도 익숙해지지 않아서 어떻게 사람에게서 이런 냄새가 날 수 있냐고 개탄하고 싶지만, '단백질이나 지방 따위의 유기물이 미생물의 작용에 의하여 분해되는 과정'이라는 사전적 의미를 떠올려보면 당연한 자연의 순리다. 이것보다 더 놀라운 건 산 사람이 뱉는 말과 행동이며 기득권자들이 공고히 쌓아 올린 성벽의 높이다. 더 부패한 곳이 어디냐 묻는다면, 끔찍한 악취가 어디서 나는지 묻는다면 어디를 가리킬 것인가.

짐짓 무게를 잡으며 부패에 관해 글을 쓰지만 나라고 다를 것 없다. 원망과 분풀이를 바로 옆 사람에게 쏟아붓지 않았던가. 상대가 나를 떠나지 않을 거라는 확신을 인질 삼아 막 대하기도, 불의를 보아도 모른 척 내 갈 길 바쁘지 않았던가. 사는 게 여전히 팍팍하다는 이유 하나로. 암만 요령 있게 산다고 살았지만 사는 건 여전히 팍팍하고 마음속 죄책감은 커져만 간다. 눈에 보이는 사랑을 믿지 않고 제대로 들은 적 없는 마음을 맹신하며, 실현되지 않을 상상에 겁먹은 나머지 동행하던 행복을 걷어차는 부패의 날이 잦다. 속이 썩어가는 데도 사람 좋은 척 웃으며 괜찮다는 거짓말을 자주도 내뱉는 나의 입에 부패의 구취가 가득하다.

나름 꾸며냈던 목소리가 남의 귀에는 짐승 울음처럼 들렸을지도 모른다. 나도 늘 이렇지는 않았는데. 나에게도 나름 신선하고 풋풋하던 시절이 있었는데. 마음과 감정을 모국어 삼아 솔직하게 편지를 써내려가던 때가. 한 치의 거짓 없이 내가 본 대로 똑똑히 봤다고 답하던 때가. 우는 이에게 어깨를 내어주던 때가. 호소하는 이에게 시간을 들여 이야기를 들어주던 때가. 진심을 담아 걱정하거나 축하를 보내던 때가. 치열하게 고민하며 성숙한 인간이길 포기하지 않았던 때가 있었는데. 애석하게도 부패하지 않았던 모든 날이 전생 같다.

어느 시절의 숙취

숙취[1] (夙就) 「명사」

1) 일찍 성취함.

숙취[2] (宿醉) 「명사」

1) 이튿날까지 깨지 아니하는 취기.

숙취[3] (熟醉) 「명사」

1) 술에 흠뻑 취함.

고등학교 3년 내내 나의 장래 희망은 경찰관이었다. 청운의 꿈을 품었다기보단 경찰관만이 나의 유일한 밥벌이라는 생각에 사로잡혔던 때다. 일이 잘 풀려 제법 어린 나이에 밥그릇을 쟁취했지만 경찰관을 직업으로 선택한 과거를 가장 후회하는 순간은 더 이상 이전과 같은 시선으로 세상을 바라볼 수 없게 되었을 때다. 이제는 모든 것이 결코 전과 같을 수 없게 되었다. 지나가는 두 사람에게서 데이트폭력의 냄새를 맡을 때, 직원이 하나같이 바쁜 넓은 가게에서 무전취식의 기운이 느껴질 때, 산 사람의 손끝에서 살기를 느낄 때, 죽은 사람의 손끝에서 온기를 느낄 때, 빼곡하게 쌓인 사건 서류들이 세상을 향한 시선을 송두리째 왜곡시켰음을 깨달았을 때, 넋두리를 들어줄 사람은 같은 처지를 공유하는 동료 경찰관뿐이다. 우리에게 거짓과 진실은 동의어에 가깝다.

각자 당직 주기가 달라서 반기에 한 번 겨우 갖는 동기 모임 장소는, 금요일 밤의 형사 당직팀 사무실만큼 시끌벅적한 종로의 광장시장. 냉난방기도 제대로 작동하지 않던 중앙경찰학교의 8인실에서부터 민낯을 공유한 동기들의 낯빛이 참 어둡다. 가뭄이 든

땅처럼 바싹 말라버린 그들의 시선에서 지난 세월을 가늠해본다. 술을 전혀 못 하던 언니의 주량이 늘어난 만큼, 속이야기를 하지 않던 언니의 하소연이 불어난 만큼, 광장시장에서 파는 육회 한 접시의 양이 눈에 띄게 줄어든 만큼 흘러버린 세월. 경찰관이라는 목표를 숙취했던 우리는 어느 틈에 숙취에 빌빌대는 직장인으로 거듭났을까. 화장실 청소가 싫어 몰아주기 내기를 하고, 시험 공부는 한결같이 벼락치기로 해치우고, 식단표를 잘라 가지고 다니며 급식을 기대하던 예비 경찰관들이었는데.

퇴근하고 언니 세 명을 만났다. 2020년에 나온 책 『아무튼, 언니』에 등장하는 이른바 '마뉴팍투라 군단' 멤버들이다. 옮기는 부서마다 대형 사건이 터지는 고약한 운명을 가진 대장 언니는 못 본 사이 얼굴이 홀쭉해졌다. 최고의 다이어트 방법은 역시 과도한 업무와 일상적인 야근인가. 학대 예방 업무를 담당하지만 오히려 본인이 가장 많은 학대를 당하는 것 같다. 애초에 경찰관 한 명이 관할 지역에서 발생하는 모든 학대를 예방한다는 것도 말이 안 되지만, 한눈에 들어오는 성과를 내도록 강요하는 시스템도 참 가학적이다. 부모가 애들 좀 그만 때렸으면 좋겠다고 언니가 마른 입술로 말했다. 애를 때리는 사람이 왜 이렇게 많지? 진절머리가 난다는 듯 고개를 흔들며 언니가 술을 따라주었다. 그 술은 유독 썼다. 아주 제대로 된 숙취가 찾아올 것만 같았다.

힘든 사람 옆에 더 힘든 사람이 있는 법인지, 대장 언니 옆에 있던 시벨 언니의 얼굴은 흑색에 가까웠다. 퍼스널 컬러는 '야근'이 틀림없는 얼굴 톤. 언니는 요즘 발기부전 치료제가 효과가 없다는 이유로 담당 의사를 고소한 80대 할아버지와 총 피해 금액이 수천억 원에 육박하는 보이스피싱 사건에 시달리는 중이었다. 두 사람의 맞은편에 앉은 수홍 언니는 자신이 보유하고 있는 사건이 100건을 돌파했다는 사실을 고백하며 거듭 술을 들이켰다. 언니는 성적 비방 목적이 가득한 악성 댓글을 조사하는데, 댓글 작성자 대부분이 멀쩡한 행색을 하고 평범한 직장생활을 영위하는 성인 남성이었다며 실소를 터뜨렸다. 파렴치한 이들을 마주하는 경험이 축적되니 표정 관리 차원을 넘어 원래의 표정도 모두 잃어버린 것 같단다. 이야기가 계속될수록 술이 끝없이 들어갔다. 종업원이 돌아다니면서 식어버린 소고기뭇국을 새것으로 바꿔주었다. 이로써 술이 더 들어갈 수 있게 되었다. 나는 이 언니들이 무척 걱정되었는데, 정작 언니들은 내가 며칠 전 처리한 추락 변사 사건을 듣고서 오히려 나를 걱정했다. 지친 와중에도 시벨 언니의 시선은 여전히 다정했다. 잃어버리지 않는 시선도 있는 모양이다. 갓 나온 소고기뭇국만큼이나 따뜻한 언니의 눈동자를 바라보니 사실 많이 힘들다는 소리가 저절로 나오려 하지만 애써 삼키고 건배사를 외친다. 경찰 후배가 가르쳐준 '성기발기'라는 건배사. '성공을 기원하며 발전을 기원하며.' 부적절하게 느껴지는 네 글자를 뱉는 순간 분위기가 싸늘해졌지만 숙취를 끌어안고 내일도 출근해야 한다는 사실이 우리를 확실히 더 싸늘하게 만든다.

내일도 해가 뜬다. 부모에게 맞아 죽는 아이가 있어도, 자신이 원하는 대로 사건이 종결될 때까지 국민신문고를 두드리는 가해자가 있어도, 사람이 주어진 목숨을 스스로 끊어도 해는 뜨고 출근 시간은 다가온다. 멈출 수 없는 게 시간인 줄만 알았는데, 진짜 멈출 수 없는 건 다양한 이유로 사라지는 생명이었다. 산부인과에서 근무했다면 매일 태어나는 생명을 헤아렸을 텐데. 장례식장과 화장터에 자리가 없을 만큼 많은 사람이 죽는다는 사실을 잊어버리고 싶다. 사람이 매일 새로운 날을 살아가는 게 아니라 하루하루를 죽어가는 것뿐이라는 진실을 영영 모르고만 싶다. 직업을 숙취한 대가로 따라오는 숙취가 너무 아프다. 육회는 언제 먹어도 맛있지만, 언니들은 언제 만나도 좋지만, 언제고 좋기만 한 일은 희박하고 언제든 나쁘기만 한 진실은 더 많더라.

집으로 돌아가는 길. 갓길에 세워진 순찰차 옆에서 두 명의 경찰관과 젊은 남성이 실랑이를 벌이고 있다. 한눈에 봐도 주취자인 남자는 경찰관을 밀치고 꽥꽥거리더니 바닥에 털썩 주저앉는다. 경찰관은 심란한 표정으로 고개를 지으며 손목시계만 바라본다. 이 밤이 얼마나 길어질까. 야간 근무 때 시계를 보며 밤의 길이를 가늠하는 것만큼 쓴 일이 없다. 겪어봐서 아는 고통을 스쳐 지나가야만 하니 동료로서 미안하다. 파출소에 근무할 때 만났던 많은 주취자의 얼굴이 떠오른다. 단정한 양복을 갖춰 입고 서류 가방을 가슴에 꼭 끌어안은 채 길에서 누워 자던 어느 신입사원의 모습이. 누운 자세로 구토한 탓에 머리카락이 토사물에 엉켰던 젊은이의 숙취는 지금쯤

끝이 났으려나. 불편한 회식 자리에서 강요로 마신 폭탄주와 같은 일상을 보내고, 숙취를 해소하기도 전에 또 다른 숙취를 향해 뛰어들어야만 했던 당신에게 뒤늦은 안부를 건넨다. 어쩌면 당신과 나는 같은 모험을 하는 동료일지도 모른다. 처음 만났던 밤, 토사물로 얼룩진 머리카락을 털어주고 힘껏 안아준 것만으로도 동료가 될 수 있으니까.

집까지 데려다주는 언니의 손가락을 붙잡다가 상상해보았다. 마뉴팍투라 군단과 내가, 우리 모두 경찰관이 되지 않았다면 과연 어떤 직업을 선택해서 무얼 기준 삼아 세상을 바라보고 있을까. 어떤 삶이 펼쳐질까. 변사자의 휴대폰을 잠금 해제하기 위해 영안실에서 차갑게 굳은 변사자의 손가락을 연신 어루만지지 않아도 되는 삶이라는 건. 뻣뻣하게 굳은 손가락을 힘껏 펴다가 사후 경직으로 인해 변사자의 손이 내 손을 꽉 잡는 순간을 경험하지 않는 삶이라는 건. 누군가의 손을 이토록 강하게 맞잡은 적이 언제였는지 헤아리지 않는다는 건. 24시간 중 어느 틈에 들어올지 모르는 신고 전화만 하염없이 기다리지 않아도 된다는 건. 죽은 사람보다 산 사람을 더 자주 본다는 건. 도대체 어떤 삶일까. 돌아갈 수 없고 다시 경험하지도 못할 삶을 갈망하며 주위를 둘러보아도 눈에 보이는 모든 곳이 사건 현장이다.

공무원 수당과 달리 가파른 속도로 상승하는 물가 덕에 주점에서 마음껏 취하는 날이 줄어든다. 이를 슬퍼해야 할지, 기뻐해야 할지 알 수 없다. 한 병 더 마시자는 제안은 메뉴판에 적힌 가격을 보는 순간 쏙 들어가고 괜히 시간을 중얼거리며 외투를 고쳐 입는다. 숙취에 젖던 시절이 기어코 끝나간다.

정말로 비상

비상[1] (非常) 「명사」

1) 뜻밖의 긴급한 사태. 또는 이에 대응하기 위하여 신속히 내려지는 명령.
2) 예사롭지 아니함.
3) 평범하지 아니하고 뛰어남.

비상[4] (飛上) 「명사」

1) 높이 날아오름.

비상이다. 까만 얼굴에 하얀 꼬리를 가진 새가 날아오른다.

추락이다. 사람이 건물 옥상에서 투신했다.

발돋움하고 허공에 몸을 던지는 건 매한가지임에도 엄격히 구분되는 비상과 추락. 그 사이 가늠할 수 없는 간격만큼 먹먹해진다. 적어도 누군가 추락한 현장 상황은 말 그대로 비상이긴 했는데.

아파트 15층, 지면에서의 높이는 약 37m. 아찔하기만 한 높이를 거침없이 비상하는 변사자의 모습이 고스란히 담긴 CCTV 영상은 현실감이 없었다. 집에서 의자를 챙겨 15층까지 올라간 뒤 가져간 의자를 밟고 지면으로 투신하는 모든 과정에서 망설임은 찾아볼 수 없었다. 나 혼자 비상 상황이다. 37m를 가로지를 동안, 무서운 속도로 땅에 가까워지던 순간 그는 무슨 생각을 했을까. 지면에 닿을 때의 충격이 그대로 박제된 표정에서 고통을 헤아려본다. 각종 독촉장이 덕지덕지 붙은 집으로부터 급히 도망친 곳이 여기였을까. 이웃들과 대화 한번 한 적 없다는, 유달리 조용했다는 사람. 근본적인 문제가 해결되진 않더라도 속이라도 털어놓을 수 있는 장소가 37m보다 가까운 곳에 분명히 있었을 텐데. 함께 살지 않는 가족은 변사자에게 평소에 무슨 일이 있었는지 아무것도 몰랐다. 수천 명이 거주하는 아파트지만 누군가 죽음을 향해 비상한다는 사실을 아무도 알아차리지 못했다. 은밀하고 신속한 비행의 끝엔 바닥에 서리처럼 흩어진 고인의 흔적뿐. 장갑을 꼈지만 현장을 정리하던 손끝에서 그의 조각이 스칠 때마다 파편 같은 기억이 보이는 것만 같았다. 아파트 난간은 작은 의자 하나로도 손쉽게 넘을 수 있지만, 살면서 앞을 가로막는 수많은 벽은 그 무엇으로도 넘을 수 없던 건지도 모른다. 벽을 굳이 넘지 않아도, 벽을 우회할 수 있는 길을 찾아 조금 멀리 돌아가면 되는데 이 사회는 그 속도를 기다려주지 않는다. 완행을 역행으로 읽어버리는 사회의 자막이 정말 비상이지 않을까. 많은 이들에겐 돌아갈 길조차 없다.

코로나19 시국을 거치면서 가장 의문스러웠던 점은 마스크를 쓴 채 투신하는 사람이 많다는 거였다. 그 입장이 되어보지 않았기에 정확히 알 수는 없지만 막연히 상상해보면, 마지막 비상을 앞둔 상태에서는 모든 걸 벗어던지고 싶지 않을까 생각했는데 꼭 그렇지도 않더라. 미국 드라마 〈CSI: 라스베가스〉에는 CSI 반장인 길 그리섬이 호텔 옥상에서 추락해 사망한 남성이 안경을 썼다는 이유로 타살임을 확신하는 장면이 있다. 자살은 도피의 연장선인데, 겁쟁이인 이 사람이 안경까지 쓰면서 죽음을 제대로 직면할 용기는 없었을 거라는 게 작중 그의 설명이다. 뭔가 일리 있는 이유처럼 느껴져 대사를 정립된 학설인 양 믿고 살아왔는데 막상 업무를 해보니 드라마는 드라마일 뿐 눈앞에 펼쳐진 현실이 더 드라마 같았다. 드라마를 이런 식으로 연출했다간 말이 안 된다는 시청자의 비판이 잇따라 달릴 게 뻔할 정도로. 투신 지점까지 자전거를 타고 온 다음 자전거를 탄 채 투신했다거나, 안경부터 마스크까지 모두 착용한 채 뛰어내렸다거나, 배달 음식을 받으러 나가듯이 집에서 서둘러 나가 그대로 추락한 청년의 모습까지. 그들은 도피 목적의 투신보다는, 잃었던 목적지를 이제야 발견하곤 굳은 결심으로 직진하는 것처럼 보였다.

젊은 남자가 취객들로 시끌시끌한 거리 한가운데서 짧게 비상한 후 지면으로 추락한, 유달리 추웠던 어느 날. 그가 3일간 투신 지점에 방문해 담배를 피우며

망설이는 장면이 CCTV에 기록되어 있었다. 사건 당일, 더 이상 지체는 없다는 듯 마스크를 쓰고 온 그 상태로 가벼운 뜀박질을 하다 곧장 비상하는 모습까지도. 감정이 없는 CCTV는 그래서 자주 서늘하다. 거리의 취객들은 경찰관의 통제를 따르지 않고 멋대로 현장을 지나다니며 발자국을 남겼다. 어느 틈에 도착한 유명 언론의 기자가 나에게 마이크를 들이밀며 또박또박 진상을 캐물었으나 불행히도 나는 당장 알 수 있는 것이 없었다. 지금 이게 무슨 상황인지, 이 남자에게 무슨 일이 일어난 건지, 차갑고 딱딱한 아스팔트 바닥은 추락하는 모든 것을 분쇄해버린다. 흩어진 주검을 맞춰보아도 완성되지 않는 퍼즐을 보며 추측할 수 있는 건 아무것도 없었다.

나도 정말 알고 싶었다. 이 땅에서 무슨 일이 일어나는 건지. 왜 이토록 많은 이들이 날개가 달린 존재인 양 거침없이 비상해버리는지. 길 그리섬 반장의 대사가 현실에서 전혀 적용되지 않는 이유는 무엇인지. 10초 남짓한 시간 동안 하늘을 가로지를 거면 폐 속 가득 공기를 들이마실 수 있게 마스크는 벗고 갈 것이지. 마스크 벗는 시간도 아까웠을까. 사건 개요는 파악됐냐는 기자의 질문에 할 수 있는 답이 하나도 없었다. 요람에서 아스팔트까지 그 사이에 벌어진 일에 관해 육하원칙에 의거하여 서술하는 건 아무래도 불가능이었다. 결국 입만 뻐끔거리다 도망가는 수밖에.

사람이 산산조각 나면 조각을 수습하는 건 현장에 남은 사람의 몫이다. 추락할 때의 충격으로 두개골이 부서지면서 뇌가 비산되는 현장도 꽤 많다. 완벽하게 청소하진 못해도 할 수 있는 최대한 많은 부분을 수습한 후 철수하려 노력하는데, 타인의 뇌 조각을 집을 때마다 그 크기와 무게 때문에 내부에 저장된 용량을 나도 모르게 짐작하게 된다. 이 작은 조각에 얼마나 많은 우주가 깃들어 있을까. 처음 먹은 딸기가 가져다준 강렬한 단맛, 화가 났을 때 떨리던 주먹의 진동, 긴장할 때 쿵쿵거리던 심장의 울림, 슬플 때 흐르던 눈물의 따가움 같은 게. 뇌는 어느 과학자도 정복하지 못한 미지의 세계이며 또 하나의 우주라고 하는데, 우주를 거닐던 우주비행사가 사망한 경우 이 우주는 폐쇄된 세계일까. 빛을 잃은 별일까. 너무 많은 이들이 높이 날아오르는 모습을 보며 이것이 나도 몰랐던 삶의 선택지가 아닐까 싶은 의구심마저 들었다. 아등바등 살 필요 뭐 있나. 짧은 비행으로 모든 걸

끝낼 수 있는데. 아프긴 하겠지만 뭐, 어쨌거나 10초 정도니까. 한동안 높은 곳에 갈 때마다 나도 모르게 아래를 자주 내려다보았다. 발돋움하고 싶은 충동으로 발바닥이 간지러웠다. 한동안은 정말로 비상이었다.

베란다 창문을 현관문으로 착각하여 열고 나가다 바닥으로 추락해 사망한 중증 치매 노인의 죽음은 할 수만 있다면 추락이 아닌 비상이라 부르고 싶다. 치매라는 질병에 두 발이 묶인 채 지내다 마침내 자유로운 세계로 비상한 거라고. 그에게 발을 붙이고 살던 매 순간이 어쩌면 추락이었고, 뛰어내리는 행위만이 유일한 비상이었다면 남은 우리는 후자를 지지해줘야 하지 않느냐고. 안타까운 사연에 노출될수록 내 마음 편한 쪽으로만 사고회로가 굴러갔다. 이게 길 그리섬 반장이 말한 진정한 도피 행위인지도 모른다.

고층 빌딩 외벽에서 별다른 안전장치 없이 일을 하던 노동자가 추락한 날도, 개점을 앞둔 대형 상가를 손보던 중 사다리 위에 있던 노동자가 추락했던 날도, 아파트에서 청소직으로 일하던 80세가 넘은 할머니가 청소 자재 보관 창고에서 추락한 날까지 공교롭게도 모두 공휴일과 주말이었다. 쉬라고 만든 날에 쉬지 못하고 현장에 있어야만 했던 이들의 죽음도 어찌 비상이 아니랴. 오랜 시간 우울증을 앓던 경찰관이 추락했던 현장도 여전히 생생하다. 어떤 장면들은, 머릿속을 도통 떠날 생각이 없는 장면들은 도려내고 싶다. 가위로 깨끗하게 오리거나 젓가락으로 쭉쭉 찢어서라도 하나둘 떨어뜨려 놓고 싶다. 한참 전에 헤어졌던 기자의 질문이 다시금 나를 파고든다. 이런 거 더 이상 복기하고 싶지 않다는 중얼거림이 다른 사람에게 닿지 못하고 바닥으로 추락해버리고 만다.

현장의 무게를 버티는 게 이토록 힘겨워졌다니. 주인공에게 매일 같은 하루만 반복되는 상황을 그린 영화 〈사랑의 블랙홀〉처럼 완전히 같진 않더라도, 당직 근무 때마다 누군가 죽어나가는 모습을 보는 게 긍정적인 기운을 줄 수는 없다. 어떤 형태로든 나에게 영향을 끼친다는 걸 안다. 알면서도 바꿀 수 없는 환경이 때론 야속하지만 어쩌겠는가. 대한민국에서 누군가는 해야 할 일이고 내가 '누군가'가 되었을 뿐. 출근하기 위해 내려가는 지하철 통로가 꼭 추락하는 과정 같다. 그렇다고 통로를 빠져나오며 계단을 오르는 행위가 비상처럼 느껴지진 않는다. 지하철 출구엔 전단을 배포하는 할머니가 사계절 내내 계신다. 받은 걸 곧장 던져버리는 사람으로 인해 바닥으로 추락한 전단. 할머니는 그들의 뒷모습을 힐끔 바라보다 다시 전단을 줍는다. 추락과 비상은 어디서든 반복되는 풍경이지만 하나같이 서럽다.

나는 그저 사람들이 덜 비상했으면 좋겠다. 지면을 박차고 난간 위를 오르는 행위는 최대한 자제하면 좋겠다. 투신 변사자의 수가 줄어들어 과학수사과의 정원이 감원되어도 괜찮다. 사건 사고가 줄어들면 기뻐하기는커녕 담당 부서의 인원이 불필요하다며 자르는 게 지금까지 겪은 회사의 순서였으니까. 나는 과학수사과에서 쫓겨나 다른 부서를 전전해도 정말 아무 상관없다. 그들의 비상을 막을 수만 있다면.

드라마 〈더 글로리〉에는 한강으로 투신하려는 주인공을 막은 할머니가 "봄에 죽자."고 말하는 장면이 있다. 이 대사는 훗날 '봄에 죽자는 곧 봄에 피자는 뜻'이라는 해석이 추가되면서 진정한 의미를 찾게 되었지만, 막상 봄이 오는 거리를 보니 이 봄이 곧 죽음으로 물들 거라는 불길한 예감이 찾아온다.

사계절에서 봄이 영영 사라져도 좋을 것만 같다.

꽃이 피진 않겠지만 대신 추락할 일도 없을, 삼계절의

세상으로 비상하고만 싶다.

묻고 살지요

묻다[2] 「동사」

1) 물건을 흙이나 다른 물건 속에 넣어 보이지 않게 쌓아 덮다.
2) 일을 드러내지 아니하고 속 깊이 숨기어 감추다.

묻다[3] 「동사」

1) 무엇을 밝히거나 알아내기 위하여 상대편의 대답이나 설명을 요구하는 내용으로 말하다.
2) 어떠한 일에 대한 책임을 따지다.

경찰관의 업무는 질문의 연속이라 봐도 무방하다. 신고를 접수할 때부터 누구인지, 무슨 일인지, 주소는 어디인지 물어야 하고, 현장에 도착했을 때도 신고자나 피해자에게 관련 질문을 순차적으로 던져야 한다. 이름과 주민등록번호 같은 기본 신상 정보부터 사건 발생 개요까지. 아주 간단한 몇 가지 사항만 물어봐도 상대방이 어떤 사람인지 금방 드러난다. 이름을 몇 번이나 말해야 아냐고 벌컥 짜증 내는 사람도 있고, 주변 행인에게 자신의 신상 정보가 들릴까 봐 귓속말 혹은 필담으로 대답하는 사람도 있다. 처음부터 짜증 냈던 사람은 끝까지 진상 부릴 확률이 높고, 과도하게 주변 시선을 의식하는 사람은 숨기는 것이 많아 진술의 신빙성이 떨어지는 경우가 많다. 그 사람이야 경찰관을 처음 만나는 거겠지만 경찰관 입장에서는 매일 수많은 사건 관계자를 보기 때문에 경험이 말해주는 무언의 메시지가 있다. 가끔은 내가 민원인이나 피해자의 입장이라 가정하고 담당 경찰관이 어떤 질문을 했을 때 조금 더 믿음직해 보일지 고민하기도 한다. 신뢰와 무례의 경계를 지키는 건 쉬워 보이면서도 막상 노골적인 질문을 던져야만 하는 경우가 많은 현장에서는 참 어려운 문제이기도 하다.

사건 관계자나 경찰관 업무와 아무 상관없는 사람도 경찰관에게 많은 걸 묻는다. 관계자의 경우 보통 본인의 사건이 어떻게 흘러가고 있는지, 다른 방안은 없는지 문의하기에 대부분 예측할 수 있는 질문이다. 정작 어려운 건 후자다. 경찰관이 되면 월급은 얼마나 받냐는 무례한 질문은 기본이고, 사무실에 비치된 믹스 커피 같은 비품은 세금으로 사는 건지(팀원끼리 돈을 걷어서 산다.), 순찰차의 뒷문 손잡이는 정말 없는지(순찰차는 뒷좌석에 탄 사건 관계자의 도주를 방지하기 위해 2열은 창문 내리는 버튼과 문을 여는 손잡이가 없는 상태로 출고된다.), 결혼은 했는지(왜 궁금할까?) 같은 호기심과 무례함이 뒤섞인 질문이 막무가내로 날아온다. 경찰 관련 영화부터 사건을 면밀히 분석하는 시사교양 프로그램까지, '경찰 오마카세'라 불러도 과언이 아닌 요즘 미디어 생태계 덕분인지 업무에 관한 질문도 곧잘 받는다. 특히 과학수사 업무는 경찰 내부에서도 젊은 직원들의 관심이 높기 때문에 근무 주기나 담당 업무의 세부적인 내용을 아우르는 다양한 질문이 들어온다. 경찰관이 되기를 희망하는 이들로부터는 어떻게 해야 경찰관이 되냐는 다소 원초적인 질문이 들어오기도 하는데, 아직도 생각나는 질문이 있다. 정신병동에서 변사자가 발생했다는 신고를 받고 출동한 날이었다.

폐쇄정신병동에서 가끔 변사 발생 신고가 들어오는데, 대부분은 입원한 지 오래된 환자가 질식사한 경우다. 희한하게도 내가 정신병동으로 출동한 모든 변사 사건은 간식 메뉴로 떡이 나온 날 혼자 다 먹겠다고 남의 것까지 한꺼번에 삼키거나, 남의 것을 훔쳐 화장실에서 급하게 먹다 목에 걸려 사망한 경우였다. 급하게 떡을 삼킨 것도 문제지만, 근본적인 원인은 변사자 모두 치아 상태가 성하지 않았다는 점이다. 폐쇄정신병동에서의 입원 기간이 길어질수록 식탐이 발달해서 의료진들이 막기 힘든 사고였다는 것이 병원의 입장. 치아가 성하지 않은데 왜 떡을 준 것인지 의아했지만, 그들에게서 책임감을 엿보긴 힘들었다. 세상에 성심성의껏 환자를 위하는 병원이 훨씬 더 많을 텐데 나는 왜 이런 곳만 보았을까? 방임으로밖에 보이지 않는 환자들의 상태, 경찰관의 출입에 극도로 예민하게 반응하던 의료진, 어디론가 바삐 전화를 걸던 직원들, 윗선과의 통화를 끝내고 나서야 열리던 입, 변사자의 평소 상태를 묻는 말에 애초부터 개선이 힘든 사람이었다는 회피성 발언만 이어지던 그 풍경

말이다. 한적한 지역의 허름한 폐쇄정신병동. 모든 문마다 출입 카드를 태그해야만 통행이 가능한 구조. 나는 전문성을 가진 의료진도 아니고 병원 관계자도 아니기 때문에 폐쇄정신병동 시스템에 대해 설명할 수 있는 부분은 없다. 다만 내가 목격한 병원만 본연의 역할을 제대로 수행하지 못하는 곳이기를 진심으로 바랄 뿐이다.

유족에게 사망 사실을 알렸냐고 묻자 이미 면회를 안 온 지 10년 가까이 되었다는 비수 같은 답변이 돌아왔다. 오랜만에 등장한 외부인이었는지, 복도에서 있던 우리 주위로 환자들이 하나둘 모이기 시작했다. 예전에 주인공이 자살을 시도했다는 이유로 폐쇄정신병동에 강제 입원된 이야기를 그린 일본 영화 〈콰이어트 룸에서 만나요〉를 본 적 있다. 영화에서 그려지는 병원 내부 모습이 너무 이질적이어서 과한 연출일 거라 생각했는데 실제로 마주한 폐쇄정신병동은 영화와 정말 똑같았다. 직원들이 황급히 달려와 환자들을 각자의 방으로 인솔하려던 찰나, 나를 유심히 쳐다보던 젊은 여성 환자가 손을 번쩍 들고는 소리쳐 물었다.

— 저기요! 여경이죠?

의료진도 나도 당황한 그때, 기껏해야 20대 중반으로 보이는 그 환자가 나와 눈이 마주치자 신이 난 듯 말을 이어갔다.

— 여경 처음 봐서 너무 신기해요! 사실 저도 경찰공무원 준비하다가 여기 들어왔거든요! 요즘 여경은 몇 명 뽑아요? 지금 공고 올라왔어요? 저 이번에 지원해야 하는데. 아, 체력 시험 종목은 그대로예요? 다섯 종목? 시험 과목도요? 형법, 형사소송법, 경찰학개론 이렇게 들어가는 거 맞죠? 영어랑 국사까지. 토요일에 시험 보는 거고요?

정말로 시험을 준비한 적이 있었는지, 경찰공무원 채용 절차를 줄줄이 꿰던 그는 비쩍 마른 팔을 위로 더 뻗으며 들뜬 목소리로 연달아 물었다.

— 저 진짜 궁금한 게 있는데요! 정신병원에 입원한 전력이 있으면 경찰 시험 못 봐요? 제가 어쩌다 여기 들어왔는진 잘 모르겠어요. 곧 나갈 것 같은데요!

정신병력 유무까지 확인하는지는 몰라 잠깐 고민하던 틈에 그는 직원에게 이끌려 방에 들어갔다. 업무 현장에서 다시 만나자는 약속도 하지 못한 채로.

직원에게 저 환자는 무슨 이유로 병원에 입원했는지 물었지만 직원은 여기 입원한 사람들 말은 믿을 게 못 된다며, 몇 년째 입원 중인데 어떻게 공무원 시험을 쳤겠냐고 냉소적으로 말했다. 그가 말한 건 모두 정신병에 의한 허무맹랑한 소리였을까. 병원을 빠져나오기까지 출입문만 열 개 가까이 통과하면서도 경찰공무원 이야기에 생기가 돌던 내 또래 여성의 표정이 잊히지 않았다. 공무원 시험을 준비하다 심신이 피폐해지면서 실제로 정신병에 걸린 사람을 종종 봤기 때문에 영 없는 일로 보이지도 않았다. 포장지를 겹겹이 싼 상자처럼 쉽사리 속내를 알 수 없는 폐쇄정신병동. 짧은 만남을 가슴에 묻었지만 기억은 씨앗과도 같아서 시간이 흐를수록 싹이 나고 잎이 자라 기억이 차지하는 공간은 더 커져만 갔다. 그때 봤던 환자들 모두 증상이 나아져 무사히 사회로 돌아왔기를. 혹시 알까? 지금 경찰관으로 들어온 후배 중 그때 만난 사람이 있을지도. 그 후에 알아보니 경찰공무원 채용 과정에서 정신병력 유무는 조회하지 않는다고 한다. 그분이 잘 회복해서 지금은 그토록 바라던 경찰관이 되어 있으면 좋겠다.

때때로 산에서 유골이 발견되었다는 신고가 접수된다. 국토의 70%가 산으로 이루어진 대한민국에 이름 모를 산이 얼마나 많겠는가. 오인 신고이길 바라며 엔진에서 힘겨운 소리가 나는 스타렉스를 이끌고 열심히 산을 오른다. 막상 가보면 등산객이 먹다 남은 족발을 버리고 간 것이거나, 자연사한 동물 뼈로 밝혀지는 경우가 많다. 하지만 그날은 달랐다. 유골이 발견된 곳을 파면 팔수록 한눈에 봐도 사람의 갈비뼈임에 틀림없는 것들이 계속 나왔다. 그 끝에 발견된 두개골까지 모두 완벽한 인골이었다. 규모가 작은 경찰서여서 형사라곤 한 명밖에 나오지 않은 조촐한 현장. 나를 포함한 과학수사요원 두 명과 형사 한 명, 총 세 명이서 작은 호미 하나 들고 땅을 파내려갔다. 확실한 건 국과수에 감정을 보내봐야 알겠지만 골반뼈의 각도나 두개골 크기, 눈썹 윗부분의 튀어나온 정도를 보았을 때 여성으로 추정되었다.

산에서 유골이 나왔다고 하면 경찰관이 아닌 사람은 살인 후 암매장과 같은 강력 사건을 떠올리겠지만, 신원을 들키지 않기 위해 묻은 것과 다른 이유로 묻은 건 오랜 시일이 지난 뒤 현장을 보면 차이가 나기 때문에 생각보다 크게 헷갈리진 않는다. 주위를 돌아보니 공동묘지가 자리 잡고 있었다. 간혹 땅을 얕게 파고 시신을 묻은 경우 산짐승에 의해 훼손되거나 장마로 흙이 무너지면서 유골이 드러나는 경우가 있다. 이번 건도 호미 하나로 뼈를 수습했을 정도니 시신을 얕게 묻은 게 원인인 듯했다. 그렇다면 왜 얕게 묻었을까. 관 하나 없이 묻어둔 채 오랜 세월 동안 찾아오지도 않고서. 주위를 살펴보니 다른 무덤 앞엔 비석이 하나씩 있는데 유골이 발견된 곳엔 아무런 표식도 없이 그저 얕은 구덩이 하나가 전부였다.

현장감식을 담당하는 과학수사요원은 대부분의 경우 주변인 탐문이나 CCTV 확인 같은 현장수사는 하지 않는다. 이건 형사팀에서 하는 일이다. 하지만 혼자 일할 형사가 마음에 걸려 함께 산 근처의 동네 어르신들에게 몇 가지를 물어보고 다녔다. 그들의 말에 의하면 옛날엔 결혼하지 않은 어린 여성이 사망한 경우, 장례를 치르지 않고 그냥 묻어버리는 경우가 많았단다. 특히 집이 가난하면 묫자리 하나 마련하지 못해서 도둑 장례를 치르는 경우가 많았다는데 이번 사건도 그런 경우로 추측되었다. 알 수 없는 이유로 사망한 어린 딸, 번듯한 묫자리 하나 마련할 여유가 없어 공동묘지의 남는 땅에 몰래 묻고 돌아선 부모의 모습이 눈에 어른거렸다. 이후 수습된 유골을 국과수에 감식 의뢰하면서 현장 수사를 병행한 결과 특이점이 나오지 않아 범죄 혐의점은 없는 것으로 마무리했다고 담당 형사로부터 전해 들었다.

이운진 시인의 시 「슬픈 환생」에는 이런 시구가 있다. '몽골에서는 기르던 개가 죽으면 꼬리를 자르고 묻어준단다/ 다음 생에서는 사람으로 태어나라고.'

이 사건을 겪으면서 꽤 오래도록 시구를 곱씹어보았다. 이름표 하나 없이 산에 묻힌 이는 도대체 누구일지, 덮어둔 흙이 바람에 날아가 뼈가 드러날 동안 찾지 않은 이는 누구일지, 그 무엇도 알 수 없는 가련한 사람들을 생각했다. 묻고 싶은 게 참 많은데 그건 나도, 고인을 묻은 이도 마찬가지일 것이다. 범죄 혐의점이 없다는 것이 차라리 다행이라면 다행이려나.

집 안에서 유골함이 발견되었다는, 다소 황당한 신고를 받은 날도 있었다. 새집으로 막 이사를 마친 신고자가 짐을 정리하던 중 집 안의 숨겨진 창고에서 유골함을 발견했다고 진술했다. 인골인 것이 분명해 보여서 겁이 나 손도 대지 않았다는데, 막상 현장에 가서 확인해보니 사람의 뼈가 담겼다기엔 함이 매우 작았다. 아니나 다를까 강아지를 화장하고 생긴 뼛가루를 보관한 유골함이었다. 함 옆에는 죽은 반려견을 향해 주인이 쓴 편지도 고스란히 놓여 있었다. 신고자는 큰일이 아니라 다행이라며 웃고 말았지만, 한편으론 마음이 씁쓸했다. 주인은 이사 가는 마당에 왜 유골함을 두고 갔을까. 먼저 떠난 반려견을 향해 구구절절한 심정을 써내려간 편지는 반려견이 생전에 사랑받았음을 증명하고 있었다. 다행인 걸까? 여기도 범죄 혐의점은 없으니까? 경찰관이 할 일은 없는 평안한 현장이니까?

그런데 나는 경찰관이기 전에 한 명의 사람이라서 아직 묻지 못한 말이 남았다. 강아지가 다음 생엔 부디 사람으로 태어나길 기도했냐는 거다. 다른 강아지로 태어나 다시 만나자는 소망을 빌었냐고. 내가 강아지였다면 주인이 나를 잊고 새 출발하길 바랐을까. 이들을 묻은 이들에게, 이미 묻힌 이들에게 여전히 난 묻고 싶은 게 남았다. 지겹게도 남았다. 하지만 묻지 못한 채 기도할 뿐이다. 다음 생엔 부디 부질없는 관계로부터, 하릴없는 기다림으로부터, 기약 없는 약속으로부터 벗어나기를. 안식을 찾기를. 무조건 편히 살기를.

18,710,459개의 사연

신고[1] (申告) 「명사」

1) 국민이 법령의 규정에 따라 행정 관청에 일정한 사실을 진술, 보고함.
2) 새로 발령받거나 승진된 사람이 소속 상관이나 지휘관에게 정식으로 자신의 성명과 계급 및 업무를 보고함.

신고[2] (辛苦) 「명사」

1) 어려운 일을 당하여 몹시 애씀. 또는 그런 고생.

가끔 친구나 가족에게 이 정도 일로 112에 신고해도 되냐는 질문을 받는다. 본인이 생각하기에 사소한 일이지만 혼자 해결하긴 어렵고, 그렇다고 경찰서에 문의하기엔 가볍게 느껴지니 어쩌면 좋을지를 물어보는 거다. 이런 질문을 받으면 나는 고민하지 말고 일단 신고하는 걸 추천한다. 현장에서 마주하는 황당무계한 신고에 비하면 그들의 고민은 아주 중요하고 긴급한 사안이다. 당장 경찰관이 출동해도 무방할 정도로.

경찰청의 통계에 따르면, 2021년 한 해 112에 접수된 신고 건수는 무려 18,710,459건이다. 하루에 51,261건씩 접수되는 셈이다. 믿어지는가? 이 어마어마한 숫자가. 18,710,459건 중 '허위신고'로 분류된 건은 4,153건밖에 되지 않으니 18,706,306건은 일단 경찰관이 출동해야 할 사건이란 뜻이다. 수사 업무를 해본 사람은 우리나라를 '고소공화국'이라고 부른다. 상상하지 못할 양의 고소가 전국에서 쏟아지는데 가히 타의 추종을 불허하는 수준이다. 일각에서는 무분별한 고소를 막기 위해 건당 1,000원씩이라도 접수비를 받아야 한다는 의견도 있다. 주민센터에서 기본적인 서류를 발급받기 위해 소정의 수수료를 지불하듯이 운영하자는 거다. 경찰서에서 발급하는 서류는 대부분 돈을 받지 않기 때문에, 한 장으로 충분한 것을 수십 장씩 뽑아달라는 사람도 여럿 있다. 이런 낭비 가득한 요청뿐 아니라 범죄 요건이 성립되지도 않는, 단순히 분풀이를 위한 불필요한 신고로 유발되는 업무 과중을 막을 만한 장치가 필요하다는 여론이 많지만, 아직 도입되진 않고 있다. 아무튼 어떤 이유로든 신고하는 사람이 많으니 경찰관의 도움이 필요할 때 '과연 내가 이 정도 일로 신고해도 될까?' 염려하는 분은 전혀 그럴 필요 없다는 것을 알려드린다.

요즘 "집에 누군가 들어온 것 같다."는 신고를 자주 받는다. 한눈에 알아챌 수 있는 침입 흔적이나 사라진 물건은 없지만 '기분상' 누가 들어왔다 간 것 같으니 현장감식을 해달라는 거다. 어떤 신고가 접수되든 현장에 갈 때는 최대한 편견이나 선입견을 배제하려 노력하는데 그러기 위해선 늘 마음에 힘을 줘야 한다. 도착한 현장은 입주민이 아니면 이곳에 집이 있다는 사실조차 알기 어려워 보였다. 주거환경이 열악하다는 뜻이다. 집 내부를 아무리 살펴봐도 타인이 강제로 침입한 어떠한 흔적도 발견되지 않는다. 스파이더맨처럼 이동 능력이 탁월한 범인이 왔다 간 것일 수도 있으니 100%라고 장담할 순 없지만, 이런 경우 신고자의 대부분은 조현병을 앓고 있다. 그리고 본인이 조현병 증세가 있다는 사실을 인지하지 못하는 상태다. 조현병의 증세 중 하나인 피해망상이 발현된 것 같다고 해줄 수 없으니 말을 삼킬 수밖에 없다. 그의 주장대로 알 수 없는 사람이 드라이버로 방범 창살을 말끔히 분리한 뒤 고양이 다섯 마리가 있는 집에 몰래 침입해 주방에서 물 한 잔 마시고 나간 뒤 다시 방범 창살을 원상복구 해놓고 떠난다는 가정은 상식적으로 이해하기 어렵다. 하지만 들어줘야 한다. 신고자의 사연이니까. 18,710,459개의 사연 중 하나니까.

시댁에서 자신을 납치한 뒤 머리에 칩을 심어 조종한다고 비명을 지르던 신고자나, 매일 밤마다 알 수 없는 사람이 집에 들어와 (외부인은 출입이 불가능한 곳이다.) 휴대폰 위치만 바꿔놓고 간다고 호소하는 신고자의 사연도 우리 경찰관이 아니면 누가 들어줄까. 때로는 현장을 면밀히 살펴보는 것보다 그들의 사연을 들어주는 게 힘들 때가 더 많다. 외로움으로 마음의 병이 깊어진 사람들은 병 때문에 더욱 외로워지고 있었다.

사랑싸움을 살벌하게 하는 동거 중인 커플이 있었다. 특이점이라면 두 사람 모두 심각한 알코올의존증을 앓는다는 것. 두 사람 중 한 명이라도 만취하면 112 신고 러시가 시작됐다. 이들은 잦은 신고 경험으로 경찰관이 어떻게 하면 출동해주는지를 꿰뚫고 있어, 악성 신고자임에도 112 상황실에서 출동 지령을 할 수밖에 없게끔 만들었다. 상대방에게 무차별 폭행을 당했다거나 상대방이 흉기를 들고 있으니 어서 와달라는 식으로 말이다. 신고를 받고 가보면 정말 싸우고 있긴 했지만 만취한 상태에서 서로 무슨 말을 하는지 제대로 이해조차 하지 못하고 몸도 가누지 못하는 수준이었다. 그런데 어찌 신고하는 법은 까먹지도 않는지. 두 사람의 사랑을 확인하기 위한 증인으로 경찰관이 필요했는지는 알 수 없지만, 같이 두면 무슨 일이 벌어질지 몰라 분리 조치를 하려고 하면 2라운드가 시작되었다. 우리는 서로 너무 사랑하기 때문에 떨어질 수 없다며 경찰관의 바짓가랑이를 붙잡고 늘어지거나 순찰차에 태우기라도 하면 112에 다시 신고해 경찰관이 '우리의 사랑'을 불법

체포한다며 고성을 내지르니 지금 생각해도 참 지독한 커플이었다.

야간 근무를 하면서 맞이하는 새벽. 조용한 사무실에 무전기가 쉬지 않고 울린다. 쏟아지는 출동 지령과 그에 응답하는 경찰관들. 잠들지 못하는 사연이 언제까지 이어질지, 길 위를 떠돌아야 하는 고생은 끝날 기미가 없다.

나는 한 명의 외로운 운전사

자리[1] 「명사」

1) 사람이나 물체가 차지하고 있는 공간.

2) 사람의 몸이나 물건이 어떤 변화를 겪고 난 후 남은 흔적.

자리[5] (自利) 「명사」

1) 자기에게 유익한 것.

현장의 시작과 끝엔 언제나 '운전'이 있다. 경찰차는 업무에서 빼놓을 수 없는 대체 불가능한 장비다. 순찰차 트렁크는 도라에몽의 주머니처럼 없는 물건이 없을 정도고, 과학수사과에서 사용하는 스타렉스에도 갖가지 감식 용품과 사건 접수에 사용되는 각종 서류가 실려 있다. 신고 단계에서 지금 어떤 상황에 처해 있는지 상세히 설명하는 신고자는 거의 없다. 내용의 경중을 막론하고 우선 마음이 급하기 때문이다. 112 접수 요원이 상세히 물으려 해도 빨리 오기나 할 것이지 뭘 그렇게 꼬치꼬치 묻냐며 소리를 지르는 신고자가 상당수다. 그러니 어쩌겠는가. 사건 유형이나 주소 같은 최소한의 정보만 가지고 출발할 수밖에. 현장에 가서야 무슨 일인지, 어떤 절차에 따라 처리해야 할지 판단하는 경우가 대부분이라 필요한 물품을 챙기러 다시 차로 돌아오는 경우도 많다. 이게 현장의 최단 거리에 경찰차를 주차해야 하는 이유다. 그리고 이 점이 경찰차를 운행하는 데 가장 큰 어려움이기도 하다.

경찰관이 되자마자 자가용을 마련했으니 사실상 경찰차를 운전한 경력과 오너드라이버로서의 경력이 동일한 셈인데 이상하게도 내 차를 몰 때보다 경찰차를 운전할 때 칼치기(차와 차 사이를 빠르게 통과해 추월하는 불법 주행)를 당하는 빈도가 현저히 높다. 방향지시등을 켜지 않고 경찰차 앞을 급하게 가로막는 차들. 그렇게 급하게 차선을 바꿀 도로 상황이 아님에도 무리해서 끼어드는 것을 보면 '굳이' '일부러' 그런다는 느낌을 지울 수 없다. 가끔 긴급 출동 중인 구급차량을 가로막고 비켜주지 않은 운전자가 입건되었다는 뉴스를 보는데, 경찰차 앞도 같은 심보로 일부러 막는 거 아닌가 싶다.

하지만 경찰차 앞에 놓인 가장 큰 장애물은 바로 '주차 공간 확보'다. 출동에 필요한 에너지의 총량을 100이라고 한다면 주차 자리를 찾는 에너지가 70 정도를 차지한다. 자리만 있다고 되는 게 아니다. 간신히 주차하고 현장으로 가려고 하면 집주인이나 건물 관리자가 나타나 차를 빼라며 어깨를 붙잡는다. 입주민의 차가 곧 들어올 예정이라 양해를 바란다는 지극히 상식적인 이유는 당연히 제외하고, 그들이 제지하는 가장 큰 이유는 대부분 '보기 싫어서'다. 놀랍게도 사실이다. 경찰차가 세워져 있으면 건물에 무슨 일이 생긴 줄 알고 이상한 소문이 나니 빨리 빼달라고 한다. 강력 범죄가 일어난 게 아니라 어르신이 돌아가셔서 온 거고 그리 오래 걸리진 않을 거라고 설명해도 막무가내다. 막무가내라는 단어를 쓰고 나니 생각나는 중년 남성이 있는데, 그는 정말 '막무가내'라는 수식 말고는 할 수 있는 설명이 없는 사람이었다. 아, '안하무인'도 있겠다. 대한민국에서 흔히 보이는 필로티 구조의 빌라 앞에 주차했을 때의 일이다. 시동을 끄기도 전에 나타난 남자는 빌라에 무슨 일이 생겼냐며 소리를 지르더니 (물어보는 게 아니라 정말 소리를 질렀다.) 당장 차를 빼라고 했다. 나는 사건 관계자가 아닌 이들이 숱하게 묻는 "무슨 일이 생겼나요?" "살인 사건인가요?" 같은 질문에 대체로 대답하지 않는 편이다. 단순 변사 사건이라 해도 나에게나 '단순'이지 유족에게는 중요한 일이고, 이 사람이 다른 곳에서 어떤 식으로 사건을 왜곡하거나 정보를 퍼뜨릴지 알 수 없기 때문이다. 그런 이유로 설명을 제대로 해주지 않았더니 그는 복식호흡으로 소리를 빽빽 지르다 자신의 화를 이기지 못하고 날뛰기 시작했다. 그러더니 스타렉스 때문에 주차장 바닥이 꺼졌다며 당장 차를 빼라고 했다. 메가시티 서울엔 경찰관이 잠깐 머무르다 갈 자리도 없나 보다.

이 문제는 야외뿐만 아니라 아파트 지하 주차장에서도 마찬가지다. 고급 아파트의 경우 경찰관의 출입은 한층 더 어려워진다. 우선 지하 주차장에 진입할 때 십중팔구 차단기를 즉각 열어주지 않는다. 무슨 일로 출동했는지, 몇 동 몇 호에서 벌어진 일인지를 출입을 막은 채로 캐묻는다. 진행 중인 사건이라 자세한 사건 경위는 알려드릴 수 없다고 하면 직급이 높아 보이는 경비원이 와서 또다시 같은 질문을 반복한다. 어렵사리 차단기를 통과했다고 출입이 완전히 허락된 건 아니다. 주차하기 무섭게 다섯 명 정도 되는 경비원이 우리를 에워싸고 여기에 경찰차가 있으면 주민들이 불안함을 느끼니 저 끝에 주차를 하고 걸어와달라고 한다. 경비원의 손가락 끝으로 시선을 옮기니 지하 구석에 위치한 쓰레기 분리수거장이 보인다. 장비가 많아서 왔다 갔다 하기 힘든데, 시간이 오래 걸릴 사건은 아닌 것 같으니 금방 마무리하고 가겠다고 해도 통하지 않는다. 하긴, 그들이 무슨 죄가 있겠는가. 그들도 나도 노동자일 뿐인 것을. 입주민의 등쌀에 얼마나 시달릴까 싶어 경비원들을 이해해보려고 해도 아무 잘못도 없는 경찰관에게 호통치는 경비원을 만날 때면 도대체 뭐 하자는 건가 싶다. 주차장은 이렇게 넓으면서 그들의 마음은 간장 종지보다 좁은 모양이다. 경찰차 출입을 거부하는 아파트는 목록을 만들어 보관해뒀다가 해당 장소에서 출동 요청이 들어올 때 거부하면 안 되나 싶을 정도로 옹졸한 마음이 든다. 간장 종지에겐 간장 종지로 맞서자는 전략이다.

어깨에 무지막지한 장비를 이고 지는 것도 모자라 품에 안아가면서 엘리베이터를 타러 갔는데, 아뿔싸, 요즘 '고급'이라 일컬어지는 아파트는 호텔처럼 카드키를 태그해야만 엘리베이터가 작동했다. 장비 들고 먼 길을 걷느라 진이 다 빠졌건만, 경비원에게 카드키에 대해 듣지 못한 나와 조장님은 엘리베이터라는 예상치 못한 난관과 마주했다. 지나가는 입주민을 붙잡고 한 번만 카드키를 찍어달라고 부탁했지만 세 명이나 아무런 대꾸도 하지 않고 지나쳤다. 맙소사, 나 지금 여기 몰래 들어온 건가? 초대받지 못한 손님, 뭐 그런 거? 이건 손님도 아니다. 주인 품에 안겨 엘리베이터를 타는 반려견이 부러울 지경이었다. 마지막으로 붙잡은 입주민에게 사정을 설명하고 카드키 좀 찍어달라고 했더니 가만히 서서 나를 머리부터 발끝까지 천천히 훑기 시작했다. 모욕과 치욕이 일렁이던 그 순간을 어찌 잊을 수 있을까. 스캔이 끝난 후 그는 경비원을 통해서 방문자 출입증을 발급받으라는 말을 남기고 엘리베이터에 탔다. 그 말을 들은 내 표정이 얼마나 초라하게 일그러졌을까. 볼품없이 너무도 초라하게. 나는 그를 따라 엘리베이터에 탄 뒤 지금 사람이 죽었다는 신고를 받고 온 거라 빨리 가봐야 하니 협조 좀 해달라고 사정했고 그는 평생 빠른 속도로 대화해본 적이 없는 사람처럼 차분한 어투로 딱 한 음절만 뱉었다.

— 아.

값이 비싸다는 이유로 '고급'이라는 수식어를 붙이기에는 단어의 가치가 아깝다 .

주차 후 무사히 현장에 도착한다 해도 안심할 수 없다. 경찰차에 적힌 번호(주로 신고 접수를 받는 공용 전화번호가 적혀 있다.)로 차를 빼달라는 전화가 심심찮게 오기 때문이다. 이중주차를 하지도 않았고 주차장의 유일한 칸을 차지한 것도 아니기에 무슨 일로 그러냐고 물으면 대부분 앞의 경우처럼 "보기 싫어서."라는 대답이 흘러나온다. 주민들이 불안해하니까, 동네 사람들 보기에 좀 그래서 등등. 미사여구로 아무리 꾸며봐야 결국 보기 싫다는 결론이다. 세워진 경찰차만 봐도 불안해하는 사람들의 심리가 진심으로 궁금하다. 자동차는 그토록 불안해하면서 정작 경찰관 자체에 대해서는 불안함을 느끼지 않는 듯하다. 무섭고 불안한 대상에게 고작 차 빼달라고 전화할 정도로 용기 있는 사람은 없을 테니까.

드라마 〈이상한 변호사 우영우〉에서 자폐스펙트럼을 가진 사람과 함께 산다는 건 어떤 거냐는 질문에, 영우의 아빠는 외롭다고 대답한다. 함께 손을 잡고 세상을 살아가는 느낌이 없어서 외롭다고. 그렇다. 내가 이런 일을 겪을 때마다 느낀 감정도 정확히 '외로움'이었다. 경광등이 켜진 경찰차 앞을 방향지시등 하나 없이 끼어드는 차를 볼 때, 보기 싫으니까 차를 다른 곳으로 옮겨달라고 요구하는 사람의 얼굴을 볼 때, 말도 안 되는 이유로 건물의 출입을 가로막을 때, 동의도 구하지 않고 일하는 내 모습을 촬영할 때마다 사무치게 외롭다. 경찰관은 주류 사회에 섞일 수 없는 기름띠 같은 존재인가. 뉴스에서는 하루가 멀다 하고 경찰을 지탄하는 보도가 쏟아진다. 경찰관을 신뢰하지도 않고 신뢰할 수도 없는 사회. 경찰관이 해줄 수 있는 일이 드물지만 해달라는 일이 넘쳐나는 사회. 신뢰하지 않는 사람에게 너무 많은 일감을 몰아주고 성과를 요구하는 사회. 대한민국에서 경찰관에게 허용된 자리는 몇 평일까. 주차장 한 칸도 허용해주지 않는 사회에서, 나는 참 많이 외롭다. 무지 외롭다.

어둠이 짙게 내린 도로를 지날 때면 안개와 술 냄새가 적당한 비율로 섞여 공기만 마셔도 취하는 기분이 든다. 도로변에는 절박하게 손을 흔들며 택시를 잡으려 노력하는 취객으로 북적인다. 믿기지 않겠지만 종종 경찰차를 향해 달려오는 취객도 있다. 자기 집까지 태워달라고 소리치며 문을 쾅쾅 두드릴 때면 좀비 영화 〈부산행〉의 주인공이 된 것만 같다.

유흥업소가 밀집한 거리를 순찰차로 돌 때 차에 발길질을 퍼붓던 남자도 잊지 못한다. 그는 경찰차를 향해 몇 번의 발차기를 거듭하고는 일행을 보며 씩 웃었다. 그 순간 그는 세상에서 가장 호탕한 사나이였겠지만, 나는 세상에서 가장 비굴한 경찰관이 되었다. 그 거리를 벗어나는 데 급급했으므로. 우리나라에서 술에 취했다는 사실만큼 큰 벼슬은 없으니까. 사람을 죽여도 술만 마셨다면 뭐, 술김에 그럴 수도 있다는 아주 강한 방패가 주어지니까.
하지만 술을 마신 채로 근무할 수 없는 경찰관은 방패 하나 없는 맨몸 신세니 참으로 이상한 나라의 경찰관이 아닐 수 없다. 사실 이런 글을 쓰는 것도 조심스럽다. 분명 누군가는 반대로 자격 미달인 경찰관에게 마음을 다친 일이 있을 테니까. 그들의 죗값까지 내가 치르는 걸까?

학창 시절에 다녔던 학원 근처엔 집창촌이 있었다. 폐쇄 결정이 내려진 이후 업주들이 거리에 나와 격렬히 반대 시위를 벌이면서 전국 뉴스에 나가기도 했었는데, 최근에 근처를 지나가며 보니 완전한 건물 철거까지 이뤄지진 않은 상태였다. 당시 많은 학생들이 학원에 가거나 보다 가까운 버스정류장에 가기 위해 집창촌 골목을 가로질러야만 했는데, 아주 두꺼운 커튼으로 꼭꼭 가려져 있던 창문이 저녁엔 활짝 열렸다. 빨간 조명으로 뒤덮인 업소에서 짧은 옷을 입고 통유리로 된 창 너머 의자에 앉은 채 전시되던 여성들. 골목 입구에는 용도가 너무도 분명해 보이는 낡아빠진 ATM 기기 한 대가 놓여 있었는데 다양한 모습의 남성들이 그 앞에 가지런히 줄지어 서 있었다. 평범한 양복

차림의 젊은 회사원부터 행색이 남루한 할아버지까지.
연령과 옷차림 모두 제각각이었지만 질서정연하게
순서대로 돈을 뽑고는 골목 안으로 흩어지던 모습은
똑같았다. 업소의 붉은 조명에서 비린내가 나는 것
같았다. 포주들은 교복을 입은 여학생이 지나가면
재수 없다며 굵은 소금을 뿌렸다. 소금을 얼굴에
정통으로 맞은 친구도 있었다. 반면에 남학생이
지나가면 미성년자임에도 호객 행위를 서슴지 않았다.
부모님께 이 이야기를 했더니 크게 놀란 아빠는 그날
이후 하굣길을 빼놓지 않고 차로 태워줬다. 그 후로 더
이상 붉은 조명을 마주할 일은 없었다. 현재 집창촌은
폐쇄되었어도 골목 입구를 문지기처럼 지키던 ATM
기기는 조금 더 낡은 모습으로 여전히 자기 자리를
지키고 있다.

전혀 다른 상황이지만 학생으로서 집창촌 골목을
지나던 때와 경찰관이 되어 운전대를 잡고 지날 때
같은 외로움을 느낀다고 하면 비약일까? 여자가
지나가면 재수 없다며 굵은 소금을 뿌리던 사람과
경찰차는 보기 싫으니 다른 데 주차하라며 소리치는
사람을 볼 때 느끼는 외로움이 크게 다르지 않다.

철 지난 인간의 무대

극단[1] (極端) 「명사」

1) 맨 끝.
2) 길이나 일의 진행이 끝까지 미쳐 더 나아갈 데가 없는 지경.
3) 중용을 잃고 한쪽으로 크게 치우침.

극단[3] (劇壇) 「명사」

1) 연극의 무대.

나는 자주 죽고 싶다. 그냥 모든 걸 그만두고 싶다. 죽고 싶다는 말과 그만둔다는 말이 동의어가 될 수 있다면 대충 그런 뜻으로 받아들여도 좋다. 고장 난 시계도 하루에 두 번은 맞고 수확이 끝난 과일나무도 내년이 되면 다시 결실을 맺을 테지만, 철 지난 인간인 나의 시기는 언제 돌아올지 기약이 없다. 견딜힘이 이제는 바닥났다. 변사 업무를 담당하면서 알게 된 사실 중 하나는 자살로 생을 마감한 사람 대부분이 유서를 쓰지 않는다는 거다. 열 건 중 유서가 있는 건 많아봐야 세 건 정도. 가끔은 신고를 받고 찾아올 경찰관에게 편지를 쓴 경우도 본다. 자신의 죽음을 차곡차곡 준비하고 사건 발생 이후 이 집에 누가 가장 먼저 올 것인지까지 계산해서 짜둔 시나리오. 그 시나리오에 극단은 없다. 등장인물만 있을 뿐. 그들에게 죽음은 그저 삶의 계획이나 목표일까. 내가 왜 죽음을 선택할 수밖에 없었는지, 휴대폰은 어디에 있는지, 비밀번호는 무엇인지, 누구에게 가장 먼저 연락을 취해야 하는지 같은 사망 이후 매뉴얼을 작성해둔 이를 무슨 수로 말릴 수 있을까. 아직도 생각나는 변사자의 편지가 있다. 자기를 발견한 사람이 어떤 트라우마도 겪지 않길 진심으로 바란다는 내용의 말미에 적힌 말.

— 저를 발견해주셔서 감사합니다. 저도 한때는 사람이었습니다.

한때는 사람이라…. 사람이었던 자의 가장 예의 바른 마지막 인사. 흔히 자살을 '극단적인 선택'이라 묘사하지만, 그들의 삶을 조망해온 나는 그렇게 생각하지 않는다. 극단적인 건 언제나 삶이고 빌어먹을 세상이더라.

눈동자를 '영혼의 창'이라고도 한다. 흔히 누군가를 의심할 때 '눈빛이 이상하다'는 이유를 대는 것과 같은 맥락이다. 변사자 검시 단계 중 안구와 안검을 확인하는 절차가 있다. 죽은 이의 눈꺼풀을 들어 올리면 칙칙한 도시에 깔린 아스팔트처럼 색이 바랜 눈동자를 마주한다. 눈만 봐도 이 사람이 죽었다는 사실을 단박에 알아차릴 수 있는 채도라니. 동물도 마찬가지다. 배를 까뒤집고 죽은 물고기, 로드킬을 당한 산짐승, 무지개다리를 건넌 반려동물의 눈동자를 본 적 있다면 이미 숨결이 떠난 눈동자가 어떤 색을 띠는지 알 것이다.

규모가 제법 큰 대학병원 근처 골목 전봇대에서 환자가 목을 매 사망한 일이 있었다. 새벽 기도를 가기 위해 골목을 지나가던 사람이 변사자를 발견하고 신고한 상황. 현장에 도착하니 구경꾼과 병원 관계자들로 제법 소란스러웠다. 연락을 받고 온 아들은 전의를 상실한 표정으로, 동시에 믿을 수 없다는 눈빛으로 아버지를 바라보기만 했다. 과학수사는 2인 1조로 움직이기 때문에 한 명은 사다리를 타고 전봇대에 매달리고, 남은 한 명이 밑에서 변사자를 받쳐야 하는데 역부족이었다. 계속 말하지만 현장 인력은 항상 부족하다. 병원 관계자도 변사자의 몸에 손대는 걸 꺼려 하니 남은 사람이라곤 변사자의 아들뿐. 그는 변사자가 된 아버지의 다리를 잡고 바닥에 눕히는 일을 도와주었다. 여전히 믿을 수 없다는 표정으로. 아버지는 그 대학병원에서 몇 번의 수술을 받았지만 딱히 호전되지 않았고 입원 기간이 길어지는 동안 쌓여가는 빚 때문에 괴로워하셨다고 한다. 힘들어하시는 줄은 알았지만 이런 선택까지 하실지는 몰랐다는 공허한 목소리. 입원할 때 지급받은 병원복이 수의가 되어 돌아왔다.

물체를 사용해 목을 매어 사망한 '목맴'의 경우 '완전 목맴'과 '불완전 목맴'으로 종류를 나눈다. '완전 목맴'은 목을 매었을 때 두 발이 어디에도 닿지 않는 상태를 말한다. 영화나 드라마에서 묘사되는 목맴사는 대부분 완전 목맴이다. 반면 '불완전 목맴'은 단어가 주는 이미지처럼 어딘가 완전하지 못한 모습, 한마디로 신체의 일부분이 땅에 닿은 상태를 의미한다. 처음 불완전 목맴을 마주했을 땐 섣불리 이해되지 않아서 타살 가능성을 염두에 두고 감식을 진행하기도 했다. 앉은 채로 목을 매어 사망한 사람을 보면 현장 경험이 없거나 부족한 사람은 단번에 자살이라고 판단하기 힘들다. 애초에 '앉은 자세로' 사망하다니. 엉덩이가 땅바닥에 붙어 있는데, 손바닥에 힘만 줘도 살 수 있는데, 이 상태로 죽는다고? 스스로 이렇게 죽어가는 걸 가만히 내버려둔다고? 신체가 아프거나 불편한 곳이 없는 사람이 불완전 목맴으로 사망하는 게 가능한 일인지, 엉덩이를 들 힘조차 없게 만든 세상은 무얼 하고 있는지, 불완전 목맴 사례가 자주 목격되는 대한민국의 실태를 곱씹게 된다. 첫 번째 목맴에 실패한 변사자가 휘갈긴 메모를 본 적 있다. '1차 시도 실패. 2차 시도 도전.' 바른 자세로 앉은 채, 무릎을 꿇은 채, 일자로 똑바로 누운 채… 불완전한 방법으로 완전한 죽음을 맞은 모든 이들에 대해서 생각한다. 지면에서

1cm만 내려오면 살 수 있는데도 되돌아오지 않은 모든 이들을….

요양원에 변사가 발생했다는 신고를 받고 갔던 날, 담당 형사보다 조금 일찍 도착한 탓에 먼저 변사자가 있다는 병실로 들어가보니 6인실이었다. 어처구니없게도 나는 여섯 명 중 누가 사망한 사람인지 찾지 못했다. 입원한 어르신들 모두 자가호흡을 하지 못해 호흡기를 착용한 상태였고 신체의 움직임이라곤 없었다. 일정한 박자로 움직이는 기계 말고는 살아 있는 것이 없어 보이는 병실. 누가 죽은 사람이고 산 사람인지 분간되지 않아 혼란스러웠던 기억이 아직도 생생하다.

병실에 불이 났다는 신고를 받고 출동한 적도 있었다. 소규모로 발생한 화재라 별다른 피해가 없을 줄 알았는데 하필 그 병실은 사지가 마비된 할아버지가 입원한 1인실이었다. 침대 발치에서 발생한 불씨는 할아버지의 발에 옮겨 붙었고, 살아 있지만 불을 피하지도, 소리를 지르지도 못한 할아버지는 누운 채로 불에 타들어갔다. 검은색 장화를 신은 것처럼 새까맣게 타버린 발. 그 까만 발을 보고는 정말 울어버리고만 싶었다. 치매 환자가 앞만 보고 걷다가 들어간 KTX 선로 위에서 열차에 치였던 때도 발목이 절단된 채였는데. 시체를 수습해야 했기에 잘린 발목을 들고 선로를 한참이나 걸었었는데. 까만 발로, 잘린 발목으로 저승길은 어찌 건너시려고…. 살이 타는 냄새가 가득한 매캐한 병실에 있으려니 피가 낭자한 선로 위에 서 있던 때와 겹쳐 죽도록 마음이 미어졌다.

최근에는 부패 변사가 발생했다는 신고를 받고 출동하는 악몽을 꿨다. 도착한 현장은 충격적이게도 최소 열세 구 이상의 어린아이 시체가 묻힌 곳. 각종 장비로 중무장하고 현장에 진입하자마자 갑자기 땅에 묻힌 어린아이들이 좀비로 변해 경찰관을 공격하기 시작했다. 가진 거라곤 남을 해칠 수 없는 감식 장비뿐인 나는 꿈에서도 장비 분실로 경위서를 써야 하는 일이 두려워 그 많은 장비를 짊어지고 좀비를 피해 도망쳤다. 그러다가 잠에서 깼다. 잠결에 꽉 쥐고 있던 손이 얼얼했다. 손에 꼽을 정도로 기분 나쁜 꿈이었다. 그럼에도 삶은 계속되겠지만.

직업이 직업인지라 연예인과 관련된 사건도 많이 본다. 참 좋아했던 연예인이 스스로 목숨을 끊은 현장은 놀랍게도 가구 하나 없는 단출한 집이었다. 화려한

조명 아래서 떠나갈 듯한 함성을 듣고 내려온 곳이 이토록 쓸쓸한 쉼터라니. 저 돈 언제 다 쓰나 싶던 사람도 사는 모습은 나와 크게 다르지 않았다. 변기에 적당히 물때가 끼었고, 바닥에 머리카락이 흩어져 있고, 싱크대엔 그릇 몇 개가 물에 담긴 채다. 비싼 명품을 벗어던진 몸은 그냥 딱 본인 나이에 맞는 모습. 결국 같은 사람이다. 당연한 소리지만, 눈으로 직접 봐야만 알게 되는 진리도 있다.

때로는 펑펑 울고 싶다. 삶의 비밀을 너무 일찍 깨우친 죄로. 삶의 흥미를 너무 일찍 잃은 죄로. 사실 가수가 되고 싶었다고 울음을 터뜨리면 누가 들어줄까. 꽃밭에는 꽃들이 모여 살고요, 흥얼거리기 무섭게 들이닥치던 호통. 계집애가 무슨 노래를 부르냐며. 한참 동안 노래가 거세된 생을 거닐던 나는 이제야 마음껏 노래를 부른다. 오늘의 노래도 내일의 노래도 아닌 어제의 노래를. 나는 어제보다 오늘 더 우울할 것이고 오늘보다 어제 더 행복할 거라는 가사를. 슬픈 일이 없어도 슬프게 울 수 있지만, 행복한 일 없이 행복하게 웃기는 힘들다. 그래서 나는 자주 운다.

경운기 밑에 깔려 팔이 잘린 사람을 수습하는 일. 물에 뜬 시체를 고무보트 타고 접근해 육지로 옮기는 일. 나무를 베던 전기톱이 튕겨 나와 몸이 잘린 사람을 관찰하는 일. 공장에서 일하다 크레인에 깔려 압착된 사람을 크레인에서 뜯어내는 일. 공장에 실습 나온 고등학생의 손가락이 모두 절단된 현장을 확인하는 일. 고독사한 기초수급자가 담당 공무원에게 마지막으로 보낸 문자를 확인하는 일. 그는 심상치 않은 몸 상태를 알릴 유일한 사람에게 문자를 보내며 죄송하다는 말을 먼저 꺼냈다.

— 죄송합니다. 제 몸이 이상하네요. 연락 부탁드려요.

모든 때에 너무도 겸손한 사람이었던 이의 마지막 한마디. 결국 그는 심장마비로 사망했고, 부패된 이후에야 발견되었다. 공무원을 비난할 수 없다. 문자를 받은 날, 그는 법적으로 보장된 휴일을 보내는 중이었으니까. 그냥 모든 게 애석하고 원통하다. 영화 〈아바타 2〉를 꼭 보고 가고 싶었는데 어쩔 수 없이 못 보고 간다는 유서는 또 어떻고. 변사자가 삼도천을 건넌 날은 그 영화가 개봉하기 3일 전이었다. 3일도 참지 못할 만큼 삶은 버거운 것이었나. 그래서 나는 사는 내내 이토록 괴롭기만 한가.

지겨운 돌림 노래는 여기서 끝내고만 싶다. 모든 걸 잊고 새 장단에 맞춰 쿵짝짝, 나도 다시 가수를 꿈꿔볼 수 있을까. 내가 살 수 있는 유일한 방법은 아이러니하게도 고통을 호소하는 이들을 외면하고 쓸쓸한 죽음을 간과하는 것뿐이다. 그 덕에 여태껏 산다. 비참하고도 불쾌하게, 여전히 산다.

짬밥은 맛이 없다

짬밥「명사」

1) '잔반'에서 변한 말로, 군대에서 먹는 밥을 이르는 말.
2) 군대, 직장, 학교 등에서 사용되는 은어로, '연륜'을 이르는 말.

9급부터 시작하는 일반 행정 공무원과 달리 경찰관에겐 열한 개의 계급이 존재하며, 계급별 서열이나 질서 체계가 비교적 명확하고 엄격하다. 흡사 군대와 유사한 분위기 때문인지는 모르겠지만, 경찰관 대부분이 구내식당 밥을 '짬밥'이라 부른다. 구내식당 밥이든 짬밥이든 명칭이 무엇이든 간에 진실은 하나다. 짬밥은 정말로 맛이 없다는 거.

현재 내가 소속된 과학수사대는 시도경찰청 소속인데 행정 공무원으로 따지면 시청 정도의 위치다. 서울시청 밑으로 구청들이 있듯이, 서울경찰청 밑으로 수십 개의 경찰서가 있는 구조다. 때문에 동시에 여러 개의 경찰서를 관할하는 우리 부서 특성상 여러 경찰서 구내식당에 가봤는데 어딜 가든 짬밥은 맛이 없었다. 맛도 문제지만 식판을 반납하는 순간 몰아치는 허기도 심각했다. 내가 지금 식사를 한 게 맞는지 기억나지 않을 정도의 허기. 마치 밑 빠진 독에 물을 부은 듯 턱에 구멍이라도 뚫린 것처럼 음식물이 전혀 위장으로 들어오지 않은 기분. 구내식당에서 밥을 먹은 날이면 오후 2시만 돼도 배가 고파서 저녁을 일찍 먹곤 했다. 경찰서 구내식당 밥은 먹어도 먹어도 왜 이렇게 허할까?

경찰서 구내식당의 질이 좋지 않다는 사실은 꽤 공공연한 문제여서 경찰서 내부 회의 안건에 상정되는 모습도 종종 보았다. 경찰서는 많지만 사정은 대개 비슷한 것 같았다. 그렇다면 도대체 이유가 뭘까? 혼자 고민도 해보고 담당 직원에게 문의도 해본 결과, 경찰서 구내식당은 수가를 맞추기 힘들어서 질이 떨어질 수밖에 없다는 꽤나 납득 가능한 이유가 도출되었다. 경찰관서는 24시간 연중무휴로 돌아가기 때문에 대부분의 경찰서에서 평일 조식부터 중식, 석식까지 총 세 끼를 제공한다. 뿐만 아니라 유치장이 있는 경찰서는 주말에도 식당을 운영하는 경우가 있다. 유치장에 입감된 사람에게 식사를 제공해야 하기 때문이다. 경찰관을 상대로 식당을 운영하진 않아도, 유치장 입감자를 위해 도시락은 만드는 경우가 있다. 죄를 짓고 유치장에 입감된 사람과 경찰서에 근무하는 경찰관이 같은 밥을 먹는다는 사실. (가끔은 얼른 죄를 인정하고 반성하여 새사람이 되라는 뜻으로 맛이 없는 건지 고민한 적도 있다. 황당한 상상이지만.) 이용자가 있든 없든 무조건 식당을 운영해야만 하는 내부 사정상 수가를 맞추기 힘들기 때문에 (치솟는 물가에 맞춰 구내식당 식권 값을 대폭 올리기 힘든 이유도 있을 테니.) 보다 나은 식사를 제공하기 어려운 것 같다. 어쨌거나 이런저런 이유로 돈이 모자라기 때문에 초래된 상황이라는 나름의 결론. 맛이 없으니 직원들이 자주 이용하지 않고, 식권이 적게 팔리니 재정 문제가 더 악화되면서 질이 나빠지고, 또 나빠진 질 때문에 더욱 식당 이용이 줄어드는 악순환인 듯하다. 실제로 내가 처음 일한 경찰서는 직원 월급에서 식권 값으로 인당 15만 원을 강제로 각출해 식당을 운영했었다. 15만 원을 각출한 대가로 한 달에 식권 20장이 강제 할당되었으나 나는 한 장도 쓰지 않는 달이 많았다. 과장님을 비롯해 과 직원들이 맛이 없다는 이유로 구내식당에 가는 걸 극도로 꺼렸기 때문이다. 식권이 종이로 주어지던 시절엔 그나마 필요한 직원에게 선심 쓰듯 선물이라도 할 수 있었지만 지문 인식으로 바뀌고 나서는 그마저도 막혔다.

사실 복잡한 이유 같은 거 필요 없이 짬밥은 그저 '짬밥'이라서 맛이 없는 게 아닐까? 살인 피의자가 체포되어 유치장에 입감됐던 날. 유치장에 근무하던 한 선배는 구내식당에서 도시락을 받아가면서 어쩌다 자신이 사람을 죽인 이의 끼니를 챙겨야 할 처지가 되었는지 한탄했다. 경찰관의 일이라는 거, 보기보다 정말 쉽지 않다.

주간 식단표에 갈비찜, 돈육불고기, 바질토마토 스파게티 같은 휘황찬란한 메뉴가 적혀 있어도 속지 않을 짬밥이 쌓이면서 구내식당에 대한 불만도 줄어들었다. 맛이 있든 없든 요즘 같은 시국에 5,000~6,000원으로 끼니를 때울 수 있다는 것에 대한 감사함과, 자취를 시작하면서 집에서 먹기 힘든 채소 반찬을 먹을 수 있다는 기쁨 덕분이다. 과장 없이 실제로 5분 만에 끝나는 구내식당 식사는 짧고 간단해서 일상에 점 하나 찍은 것 같은 기분이지만, '점'심이란 단어는 마음에 '점' 하나를 찍듯이 간단하게 먹는다는 뜻이라고 생각하니 본분에 충실한 식사가 아닌가 싶다. 평범한 일과처럼 보이지만 경찰서에서 식판을 쥐기까지 얼마나 험난한 길을 걸어왔던가.

순경공채시험의 최종 합격 발표는 아침 아홉 시에 난다. 나 때는 그랬다. 그 시각 나는 위장이 뒤틀리는 듯한 느낌에 변기에 앉아 있느라 제시간에 합격자 명단을 확인하지 못했다. 면접 스터디 팀원이 우리 스터디 멤버 모두 합격했다는 메시지를 보냈고, 계속해서 울리는 휴대폰을 확인하고 나서야 맘 편히 볼일을 해결했다는 다소 지저분한 후문. 변기 위에서 얻은 합격의 기쁨을 잊고 구내식당에 대한 평가나 하고 있으니 참, 사람 마음이란 거 변비만큼이나 간사하기 짝이 없다.

짬밥이 쌓이면서 그간 후배도 많이 생겼다. 천재 만재 원도 작가님이라며 찬양을 일삼는 후배도 있고, 동갑이지만 경찰 경력이 짧아 후배인 듯 친구 같은 후배도 있다. 처음 들어왔을 땐 사무치게 외로웠는데 이제는 예전만큼 회사 생활이 외롭지 않다. 맛있는 구외 밥이건 맛없는 짬밥이건 같이 밥을 먹어줄 진짜 식구가 생겼으니까. 앞에서 대놓고 편은 못 들어줘도 뒤에서 함께 실컷 욕해줄 아군이 있으니까. 무엇보다 나를 응원해주는 사람이 있다는 사실이 짬밥보다 더 든든하다. 밥을 먹지 않아도 배부른 정도까진 아니지만 공기 반 음식 반 같은 짬밥을 먹어도 배가 부르다는 느낌이 든다. 버티는 자에게 신체나 정신적 상처 말고 뭐가 생기는지 잘 몰랐는데 전우 한 명쯤은 생기더라. 서로의 상처를 공유하며 함께 치유법을 배워가는 그 모든 과정이 짬밥이었다. 너는 나에게로 와서 한 그릇의 짬밥이 된 것이다.

석식 시간 구내식당에 가보면 당직 근무나 야근을 해야만 하는 사람들이 혼자 밥을 먹고 있다. 치안 유지와 범죄 예방을 위해 누군가는 밤을 새워야만 하는 현실. 짠 눈물이 섞여 있기에 비로소 공허한 짬밥이 완성되는 걸지도 모른다.

홍대입구역
8번 출구

출구[1] (出口) 「명사」

1) 밖으로 나갈 수 있는 통로.

2) 빠져나갈 길.

출입구(出入口) 「명사」

1) 나갔다가 들어왔다가 하는 어귀나 문.

이젠 노는 것도 일이다. 24시간 당직 근무도 모자라 퇴근 직전 발생한 변사 사건을 처리하느라 세 시간 추가 근무까지 한 날이었다. 출퇴근 때 메고 다니는 가방은 또 어찌나 무거운지. 가방을 메고 한 걸음을 내디딜 때마다 한 뼘씩 바닥으로 가라앉는 건 아닌지, 자고 일어나면 키가 줄어드는 것만 같았다. 여기서 더 작아질 것도 없는데. 이렇게 계속 피로가 쌓일 바에 어디론가 사라져버리고 싶다는 마음이 피어올랐다. 하필 오늘은 취소하기 힘든 저녁 약속이 있는 날. 가기 싫어서 머리를 감싸며 울부짖었지만 과거의 내가 주최한 약속이니 지금의 내가 해치워야 한다.

오늘 약속이 한층 더 끔찍한 이유는 만나는 장소가 홍대입구역이기 때문이다. 토요일 저녁의 홍대라니! 과거의 나, 겁이 없어도 너무 없었다. 가는 길에 쓰러지는 거 아닐까? 아주 잠깐 침대에 들러붙어 있었던 몸을 홍대까지 끌고 가는 게 가능하기나 한가? 고민을 거듭하다 보니 괜히 두통과 복통이 동반됐다. 하지만 두통과 복통이 있다는 이유만으로 취소할 수 없는 약속이었기에 눈물을 세 방울 정도 흘린 뒤 시간에 맞춰 길을 나섰다. 바깥바람을 좀 쐬면 금방 사라질 통증이라 치부하면서.

그러나 내 예상과는 달리 몸 상태는 지나온 역의 숫자에 비례해 급속도로 나빠졌다. 꾀병이 아니라 정말 어디가 아픈 거였다. 좋지 않은 컨디션으로 인구 밀도가 높은 토요일 저녁의 2호선을 탄 죄일까? 두통은 토기로 이어져 입에서 금방이라도 토사물이 쏟아질 것만 같았다. 정차 후 문이 열리면 세 명쯤 내리고 열일곱 명쯤 타는 일이 반복되면서 내부 밀도는 끝없이 높아졌다. 한 뼘의 개인 공간도 허용되지 않는 지하철 안에서 구토할 순 없었다. 숨을 크게 내쉬면 잠잠해질 거라 믿었지만 가슴팍에서 찰랑이던 토가 혓바닥 직전까지 치고 올라와 결국 도중에 하차하고 말았다. 함께 가던 친구가 괜찮냐며 손을 꽉 잡아준 덕에 간신히 정신을 다잡으며 화장실을 찾아 나섰다. 열 개 남짓한 계단이 어찌나 야속한지. 겨우 도착한 화장실에서 과로로 체해버린 속을 모두 게워내는 동안 세면대 앞에 서 있던 할머니는 휴대폰을 붙잡고 욕이 섞인 고성을 내질렀다. 내가 내릴 곳은 여기가 아닌데. 출구를 제대로 찾지 못한 나처럼 할머니의 입에서 나온 욕설도 밖으로 나가지 못하고 화장실 내부를 배회하면서 내 구토 소리를 감춰주었다. 80만 원에 관한 일로 20분간 소리 지르는 할머니에게도 사정은 있을 거다. 중도 하차해야만 했던 나의 속사정처럼. 퇴근 이후 저녁 시간대까지 먹은 게 하나도 없는데 구토라니. 그래도 하고 나니 속은 후련했다. 화장실 밖에선 친구가 언제 다녀왔는지 약을 종류별로 사 들고 초조하게 서 있었다. 제일 가까운 출구에는 약국이 없어 멀리까지 다녀왔으니 정성까지 더해져 약효가 훨씬 좋을 거라며 웃어주었다. 이 고통으로부터 빠져나갈 길이 명확히 보였다.

코로나19 시국과 상관없이 사람으로 가득한 홍대입구역은 경이롭기까지 했다. 8번 출구로 나가야 했지만 출구와 입구가 구분되어 있지 않은 지하철 특성상 출구로 들어오는 사람이 더 많아 병목현상이 일었다. 형광색 조끼를 입은 서울교통공사 직원이 지친 표정으로 경광봉을 흔들었지만 경광봉의 기울기에 맞춰 걸음을 떼는 사람은 아무도 없었다. 출구를 목전에 두고도 역을 빠져나갈 수 없는 그들의 속사정도 편치만은 않겠다. 예수를 믿지 않으면 지옥에 간다는 저주를 당연한 진리처럼 외치는 사람을 지나 조상님을 위한 제사를 올려야 한다는 사람까지 지나쳐도 출구로 밀려드는 사람들을 뚫기란 어려웠다. 생각해보니

지하철 출구를 입구라고 부르는 사람을 만난 적이
있던가?

그동안 쌓이고 쌓인 울분 가득했던 밤이
홍대입구역까지 이어진 것이다. 나는 여기서도,
현장에서도 제대로 된 출구를 찾지 못해 방황하는
미아였다. 30년을 함께 산 부부였지만 동성이라는
이유로 유족 조서가 아닌 참고인 조서를 받을 수밖에
없었던 배우자의 눈물이 고인 식탁, 화재가 발생할
때의 충격으로 넘어진 옷장에 깔려 밖으로 나가지
못해 불에 타버린 할아버지, 동생이 보낸 마지막
문자를 받고 한걸음에 달려갔지만 이미 목을 맨 상태라
경찰관이 도착할 때까지 현관문 앞에서 머리를 감싸고
울부짖던 오빠, 돈과 통장을 둔 위치를 기억하지
못하는 치매 노인이 자꾸만 도둑이 들었다며 신고하던
시골 주택, 가족과 친구의 발길이 소원해져 오래된
사찰처럼 쓸쓸함만이 감돌던 거실, 가정폭력이 발생한
안방 벽에 조용히 걸려 있던 결혼사진….

친구는 여전히 내 손을 잡은 채 괜찮냐고 물었다.
이 다정함으로 지금까지 내가 살아 있다는 걸 안다.

약속 장소에서도 제대로 먹지 못하고 화장실을 들락거렸지만 볼일을 끝내고 나오면 나를 애타게 찾는 친구의 눈과 마주쳤다. 얼른 돌아오라며 손짓하는 친구. 돌아갈 곳에 여전히 내 자리가 있다는 사실 하나만으로도 출구로 향하는 일은 두렵지 않다.

집으로 돌아가기 위해 다시 홍대입구역 8번 출구로 향했다. 호기롭게 나갔던 곳으로 돌아와야만 하는 출입구. 출입구가 하나인 주차장을 싫어하지만 모든 출입구가 통합된 지하철은 어쩔 수 없다. 이 야속한 순환이 어디 지하철에만 있으랴. 건대입구역에서 내리는 친구를 배웅하는 길. 개찰구 너머로 멀어지는 친구에게 인사를 건넸다. 아까와 같은 다정함으로 손을 붕붕 흔들며 멀어지는 그의 등을 한참이고 바라보았다. 이제 내가 돌아갈 역에 친구는 없을 것이다. 그 사실 하나만으로 출구는 퍽 두려운 곳이 된다.

만원짜리 밤

만원(滿員)「명사」

1) 정한 인원이 다 참.

세상 사는 게 1층부터 만원이었던 엘리베이터에 타려고 발 내미는 일의 연속이다. 틈바구니를 겨우 비집고 발가락을 들이미는 순간, 정원이 초과되었음을 알리는 경고음이 위협적으로 울린다. 이미 한자리씩 차지한 채 올라갈 일만 남은 이들의 따가운 시선이 쏟아진다. 눈빛에 떠밀린 나는 허겁지겁 뒤로 물러선다. 볼품사나운 뒷걸음질이 끝나기도 전에 엘리베이터 문이 야박하게 닫히고, 나는 다시 엘리베이터가 오기만을 기다린다. 언제 기회가 돌아올지 아무런 기약도 정보도 없는 채로. 1층으로 내려가면 탈 수야 있겠지만 이 정도까지 올라오는 데 죽을힘을 다했는데 포기하고 처음부터 시작해야 한다는 사실에 망설여진다. 이러지도 저러지도 못한 채 시간은 빠르게 흐르고 주름만 깊어져간다.

2003년에 시작한 〈만원의 행복〉이라는 예능 프로그램이 참 인기 있었다. 프로그램의 내용은 단순하다. 유명 연예인이 단돈 만 원으로 일주일을 버티는 것. 출연자는 최대한 적은 돈으로 생활해야 하므로 인맥을 이용하여 밥을 얻어먹거나 가게 사장님에게 애교를 부린 뒤 공짜 음식으로 배를

채웠다. 딱 20년이 지난 2023년이 되어 만 원으로 얻을 수 있는 가장 확실한 행복을 떠올려보자니, 편의점에서 판매하는 네 캔에 만 원짜리 맥주뿐이다. 나는 연예인도 아니고 주변엔 처지가 비슷한 공무원밖에 없으므로 매 끼니 얻어먹을 수도 없고, 사장님께 음식 받을 요량으로 애교를 부렸다간 무전취식 혹은 주취자로 112에 신고 접수될 게 뻔하다. 다음 날 언론에 어떤 헤드라인으로 박힐지도 눈에 선하다. "식사 값 구걸하던 여성, 잡고 보니 현직 여경" 따위의 클릭 수를 자극하는 제목이 걸리겠지.

뉴스 탭을 확인하다 맥주 가격도 오른다는 청천벽력 같은 소식을 보았다. 조만간 네 캔에 1만 1,000원이 될 거란다. 그날 곧장 맥주 2만 원어치를 사 왔다. 우리 집 냉장고는 이미 다른 맥주로 만원이었지만, 당장 이 뉴스를 보고 속상한 마음을 달래느라 다 마실 예정이어서 크게 괘념치 않았다.

밤을 꼬박 새우는 당직 근무를 하고 나면 심장이 빨리 뛰는 게 여실히 느껴진다. 기분 좋은 두근거림과는 한참 거리가 먼, 차가운 면접 대기장에서 호명되지 않는 내 이름을 기다리며 동태마냥 굳어가는 긴장감에 가깝다. 경찰관의 야간 수당은 한 시간에 3,000원 남짓. 계급별로 차등이 있긴 하나 많아 봐야 5,000원대. 내 계급으론 3,000원을 벗어날 수 없는 처지인지라 만 원을 벌기 위해선 네 시간의 야간 근무를 버텨야만 한다. 그래도 이 정도면 남는 장사란 생각이 드는 게, 영락없는 공무원 그릇인 것 같다. 나는 건강 팔아 돈을 사고 인생에 얼마나 남았을지 모를 밤을 팔아 술을 사는 가난한 경찰관. 월급은 최저시급에, 야간 수당은 3,000원쯤 주어지는 이 직업으로 마음껏 취하기 위해선 숱한 밤을 팔아야 하니 참 고약한 처지가 아닐 수 없다. 요즘 같은 고물가 시대에 아예 취하고 싶은 생각이 드는 날엔 고량주처럼 독한 술을 단숨에 들이킨다. 몇 번의 들숨과 날숨으로 몸속에 알코올이 돌면서 머리가 아찔해지는 기분을 만끽한다. 반복되는 야간 근무로 건강검진 결과는 해가 다르게 나빠지지만, 평소 음주 횟수는 '월 1회'에 체크하는 꼼수를 아끼지 않는다. '주 5회'에 체크했다간 모든 건강 악화를 술 탓으로 돌려버릴 테니까. 술은 아무 잘못이 없다. 양심에 찔려서 운동 횟수까진 조작하지 못해 결국 건강 악화의 원인은 매년 운동 부족인 걸로 판명 나는 중이다.

20년간 상황이 많이 변했고 물가는 천정부지로 치솟았지만 인간은 여전히 의식주를 가장 중요시하는 존재다. 줄일 수 없는 의식주의 고정비용이 커져만 가니 그로 인한 고민도 거듭 깊어진다. 20년 전엔 만 원으로 자린고비 생활만 하면 일주일을 버틸 수 있었지만 요즘엔 하루도 넘기기 어렵다. 뭐, 극단적으로 아껴 쓴다면 명맥은 유지하겠지만 목숨줄만 붙어 있다고 사람답게 사는 건 아니니까.

책장에서 오랫동안 낡아가던 책을 한 아름 들고 고물상에 갔다. 낡아가는 것들이지만 과거엔 나를 살아 있게 만들어주던 세계였는데. 마르고 닳도록 읽었던 『해리포터』 시리즈와 초창기 웹툰, 여행 가이드북, 유행이 지난 문체로 가득한 시집과 에세이의 값어치는 천 원. 만 원은 고사하고 겨우 천 원. 만 원의 '행복'이라는데, 천 원의 뒤엔 무슨 말을 붙여야 할지 잠시 고민해보았다. 나의 경우 천 원의 '작별'이다. 해리, 론, 헤르미온느로부터의 작별. 『해리포터』 시리즈에서 가장 좋아한 캐릭터는 론이었다. 엉뚱함 뒤에 가려진 낮은 자존감, 얼렁뚱땅 사는 것 같아도 끝까지 놓지 않는 의리와 정의, 잘난 친구들 덕을 보는 듯하면서도 그가 계속 그 자리에 있기 때문에 유지되는 관계들이 좋았다.

손바닥에 올려진 천 원짜리 지폐가 바람에 힘없이 나부낀다. 돈이란 거 잎새 바람에도 날아가버리는 덧없는 물건이건만. 폐지를 수거하며 생계를 유지하는 어르신들에겐 버거운 시대겠다. 만 원을 채우기 위해 리어카는 몇 번이나 만원 상태로 고물상에 당도해야만 할까. 한밤의 만 원, 그 서러운 만 원으로 할 수 있는 게 몇 없는 세상에 내가 살고 있구나.

예전에 심각한 저장강박을 앓는 할아버지의 집에 출동한 적이 있다. 〈순간포착 세상에 이런 일이〉나 〈궁금한 이야기 Y〉 같은 프로그램에서만 보던 쓰레기로 가득 찬 집에 실제로 들어간 건 처음이었다. 2층짜리 주택이었는데 마당에 쌓인 쓰레기가 2층 현관문 높이와 똑같아 1층으로는 아예 출입이 불가능한 상태. 주변에서 급하게 빌린 사다리를 놓고 간신히 들어간 집은 생각보다 더 끔찍했다. 사람 하나 겨우 비집고 들어갈 수 있는 틈 외에는 모두 쓰레기로 덮여 있었다. 그나마 있는 비좁은 틈은 게처럼 옆걸음으로만 통행이 가능한 수준이어서 현장을 촬영하는 데 몹시 애먹었다. 팔을 들 때마다 팔꿈치에 부딪힌 탑이 하나씩 무너졌다. 관할 주민센터 담당자는 주민들과 함께 몇 번이나 치워드렸는데도 증세가 낫질 않는다며 난색을 보였다. 할아버지가 만든 세계에서 이방인인 나는 그만의 세계를 읽지 못하고 그저 묵묵히 상황만 정리할 뿐이었다.

생각해보니 엄마의 장롱도 케케묵은 이불로 반평생 만원이다. 이건 시집올 때 맞춘 것, 저건 딸이 취업 기념으로 사준 것, 그건 돌아가신 할머니가 남긴 것…. 지독하게도 엮인 추억들을 미처 버리지 못한 세월. 과거로 가득한 엄마의 장롱엔 새로운 기쁨이 들어갈 자리가 없다. 매 계절 달리 덮는 이불이지만 결국 매 계절 반복해서 추억을 곱씹는 것이었다. 추억은 물건과 달리 삭지도 않는다.

시골에서 발생한 절도 현장감식을 마친 어느 새벽. 핸들 열선조차 없는 과학수사 차량에 장비를 싣다 바라본 밤하늘은 별들로 만원이었다. 엘리베이터에 타지 못하고 허둥대던 나도 저렇게 자리를 잡으면 좋으련만. 여전히 밤은 너무도 많이 남았다. 다행이겠지? 술을 사기 위해 팔 수 있는 밤이 한참이고 남아 있으니까.

핸들을 잡은 손가락이 추위로 아리기 시작한다. 조금 더 수월하게 운전하기 위해선 만 원짜리 장갑을 사야 할지도 모르겠다. '단돈'은 돈의 액수 앞에 붙어 아주 적은 돈임을 강조하여 이르는 말이다. 단돈 9,900원이라는 가격표가 즐비한 거리는 만 원 앞에 '단돈'을 붙여도 괜찮다는 방증이겠지. 시간이 어느 정도 지나야 경찰관의 야간 수당이 단돈 만 원을 넘길 수 있을지 모르겠다.

얼마나 많은 후배가 들어오고 나서야 진정한 만 원의 행복을 쟁취할 수 있을지. 사랑하는 사람과 침대에 누워 시시껄렁한 영상을 보며 떠드는 밤을 살 수 있다면 한 시간에 3,000원만 줘도 될까? 경찰관에게 밤의 값어치가 그 정도라고 해서 나 자신에게 밤의 값어치까지 그 정도인가? 아주 적은 돈, 단돈 만 원을 벌기 위한 밤은 오늘도 시작됐다.

부끄럽지만,
마지막 마음

부끄럽다 「형용사」

1) 일을 잘 못하거나 양심에 거리끼어 볼 낯이 없거나 매우 떳떳하지 못하다.

2) 스스러움을 느끼어 매우 수줍다.

부끄럼 많은 생애를 보냈습니다. 저는 인간의 삶이라는 것을 도무지 이해할 수 없습니다.

다자이 오사무의 자전적 소설 『인간 실격』의 첫 문장이다. 책에 대한 감상은 논외로 두고, 이 문장이야말로 인간의 삶을 꿰뚫는 강력한 화살이라 생각한다.

20대 초반에 경찰관이 되어 30대에 접어들 때까지 현장에서 만난 사람이 어림잡아 수천 명은 된다. 그래서 사람이 저지르는 일이라면 이 꼴 저 꼴 가릴 거 없이 별꼴을 참 많이도 봤다. 이성에 대한 호기심이 생기기도 전에 이성 간 범죄 사건을 처리하게 되면서 다정한 관계보다 폭력이 난무하는 사랑이라는 이름의 족쇄를 먼저 보았다. 부모 자식은 어떻게 이용하느냐에 따라 칼이 되고 총이 됐다. 사람이라는 존재는 처음 보는 사람에게도 침을 튀기며 욕을 할 수도 있다는, 무엇을 상상하든 그 이상으로 비겁하다는, 의리나 정의 같은 거 지키고 사는 사람만 바보라는 걸 알게 됐다. 여성, 노인, 어린아이, 장애인을 향해 서슴없이 폭력을 저지르는 사건들을 매일 보게 되니 이루 말할 수 없이 괴로운 세월이다. 나는 이제 인간이란 건 도무지

털끝만큼도 이해할 수 없을 것만 같았다. 사람이 내는 모든 소리가 치 떨리게 싫었다. 술 취한 남자들이 길에서 크게 웃는 소리도, 가해자의 비열한 낄낄거림도, 불법행위로 돈을 쥔 비겁자의 만족스러운 웃음도 끔찍하기만 했다. 원고를 쓰는 동안 이 책이 아주 긴 사직서로 읽힐 거라는 걸 알았다.

112로 접수된 신고 대부분은 경찰관 한 명으론 해결하기 어렵다. 길고양이가 아파 보인다는 신고를 받고 가보면 막상 고양이는 없고, 정확한 위치를 묻기 위해 신고자에게 전화하면 직접 찾으면 되지 자기가 어떻게 아냐고 따진다. 본인이 봤을 땐 그 자리에 있었단다. 설령 고양이가 가만히 있다고 한들 서에서 치료비를 감당할 수 없으니 병원에 데려갈 수 없다. 무엇보다 애초에 112는 범죄가 의심되는 '긴급 신고'만 해야 한다. 112 상황실 담당 경찰관은 만에 하나, 1만 건 중 한 건이라도 접수를 잘못할 경우 모든 징계를 감수해야만 하는 처지기에, 내용의 중대성을 따지지 않고 모조리 지구대와 파출소로 내려보내는 작금의 상태가 벌어졌다.

이런 일은 종류를 가리지 않고 비일비재하다.

외국인이 가운뎃손가락을 올리고 가는 걸 보고 기분이 나빴다거나, 시끄러운 소리를 내는 오토바이를 압수해달라거나, 어딘지 모르겠지만 건물에서 큰소리가 나니까 순찰하라거나, 인생에 희망이 없으니 자신을 죽여달라는 신고가 줄을 잇는다. 나열하면 끝도 없다. 죽여달라는 사람에게 무슨 일로 그러냐고 정중하게 물었더니 어디서 화가 났는지 갑자기 노발대발하며 욕을 중얼거리다 끊었다. 이렇게라도 사람을 살렸으니 된 건가? 범죄를 예방하고 진압하기는커녕 국민의 욕받이로 전락한 경찰관이라는 사실이 자주 부끄럽다. 말도 안 되는 요구를 하던 신고자가 경찰관이 이런 것도 해결해주지 않냐고, 세금 잡아먹는 도둑이라고 눈앞에서 비난할 때, 지나가는 행인들이 카메라를 들이밀며 신난 듯 구경할 때, 나는 참을 수 없이 부끄럽다. 모든 걸 다 그만두고 싶다. 증거 불충분으로 가해자를 귀가시켜야만 할 때, 피해자에게 해줄 수 있는 조치가 없어 가해자가 기다리는 집으로 돌려보내야만 할 때 소름 끼치게 부끄럽다. 닥치고 출동해달라는데, 닥치고 술 취한 손님에게 돈을 받아달라는데, 닥치고 집까지 태워달라는데 정말로 닥칠 수밖에 없는 현실이 부끄럽고 미련하다.

강제로 행사에 동원되어 폭우 속에서 우산도 쓰지 못하고 몇 시간을 젖어가며 서 있어야만 했던 순간이, 교대 근무자는 동원에서 원칙적으로 배제해야 하는데 동원된 이유가 뭔지 질문하자 시키면 닥치고 하는 거라고 대꾸하던 입술이, 조직생활에서 까라면 까야지 왜 그렇게 말이 많냐던 선배의 얼굴이 부끄럽다. 비만 오면 천장과 벽면에서 물이 새고 양치질을 할 수 없을 정도의 녹물이 나오던 경찰관서의 사정도 부끄럽긴 마찬가지다. 열악한 사무환경을 볼 때마다 기가 꺾였다. 당직 근무 중 새벽에 건물을 돌아다닐 때면 등 뒤에서 주먹만 한 바퀴벌레가 등장하곤 했다. 장마철에 배전반이 있는 지하창고에 빗물이 엄청나게 들이치는 바람에 빗자루로 물을 퍼내며 열심히 물품을 운반했던 일도 해프닝으로 치부하기엔 한계가 있다. 선팅 농도가 너무 옅어 여름엔 더위로 질식할 것 같은, 험한 길을 다니느라 여기저기 찌그러지고 도색이 벗겨진 경찰차도 부끄럽다. 근속 기간이 쌓일수록 도무지 일할 맛이 나지 않는다.

예전에 수능시험지 경비 업무에 동원된 적이 있었다. 말 그대로 시험지를 지키는 일이다. 수능시험 날만

되면 유독 쌀쌀해지는 '수능 매직' 덕분에 그날도 정말 추웠다. 당시 수능시험지는 교무실 금고에 한 번, 교무실 자체 잠금장치로 두 번 보호되는 데다가 교육청 공무원도 교무실 안에서 당직 근무 중이어서 삼중으로 보초를 세운 상태였다. 그런데 차디찬 학교 복도에 편의점에서 쓸 것 같은 간이 플라스틱 의자 하나만 두고 그 위에 경찰관을 앉혀 밤새 지키도록 지시했다. 누가 기안했는지 정체를 알 수 없는 동원. 따뜻한 교무실과 달리 복도는 숨 쉴 때마다 입김이 나오고, 5분만 앉아 있어도 손발이 얼어붙었다. 플라스틱 의자는 바닥에서 올라오는 냉기를 차단하지 못했고, 덜덜 떠는 경찰관들을 보다 못한 경찰서 지휘부 한 명이 발난로와 담요를 급하게 가져다주었다. 동원된 남경 중 한 명은 지독한 몸살감기를 며칠 동안 앓았다. 매번 이 일을 왜 해야 하냐는 질문에 이유를 설명해주는 사람은 없고, 그저 하라면 해야 하는 시스템이 진심으로 부끄럽다. 시험지를 잘 지켰다는 명목으로 이런 행정을 기안한 누군가는 성과금이라도 많이 받았을지 모르지만, 어떠한 혜택도 없는 '현장' 경찰관들의 의지나 사기는 추위로 인해 얼어붙은 지 한참이다.

2023년 2030 경찰관의 36%가 퇴직했다는 기사를 보았다. 최근 5년 반 동안 경감 이하 직급의 경찰관 약 5,000명이 그만두었단다. 이런 기류는 경찰 조직에 국한된 게 아니다. 2023년 10월 10일 《한국경제》의 보도에 따르면 재직기간 1년 미만 공무원 퇴직자는 2022년 3,123명으로 2018년 대비 3.2배 늘었다. 특히 2030 퇴직자가 가파르게 증가하는 추세인데, 2022년 2030 퇴직자는 1만 1,067명으로 2021년 대비 2배 가까이 증가했다. 그들의 심정을 공감한다. 청춘을 바쳐 열심히 준비한 시험에 합격해 어렵사리 들어온 곳을 박차고 나가야만 했던 심정을. 공무원의 임금 인상 폭은 보통 전년 대비 월급이 1만 원 정도 오르는 수준이다. 5만 원 이상 오른 경우는 거의 못 봤다. 물가 상승률에 비하면 형편없이 낮아 체감상 임금이 해마다 줄어드는 것 같다. 그러나 국민들이 요구하는 서비스 수준은 하루가 다르게 높아지고 각종 미디어와 SNS의 영향으로 인해 일의 강도는 높아져만 간다. 공무원을 괴롭힐 방법은 수만 가지다. 경찰채용시험에 최연소로 합격한 사람마저 변화하지 않는 경찰 조직과 현장에서 느끼는 무력감으로 인해 그만두었다는 인터뷰를 보았다. 나와 친한 동료들도 한 명씩 그만두기 시작하면서 듬성듬성 이가 빠진 것처럼 빈자리가 보인다. 그 덕에 잇몸이 시리다. 신입 경찰관들 사이에서 '탈출은 지능순'이라는 말까지 떠돈다고 하는데, 이 모든 현실이 부끄럽기만 하다.

아무리 일은 일로만 처리하고 직장은 건조하게 직장으로만 대하자 싶지만, 나의 경우 일이 어느 정도 자기효능감을 충족시켜줘야 지속가능성이 있는 것 같다. 돈만 준다고 모든 업무를 다 해낼 수 있는 것도 아니고, 불만을 상쇄할 만큼 막대한 연봉이 보장된 것도 아닌 데다가 애초에 공무원은 업무에 비해 제대로 된 돈을 받지도 못한다. 생각해보면 지금껏 경찰관 생활을 하면서 사소한 거 하나라도 칭찬을 들은 적이 없다(택시를 단속했다는 이유로 파출소장님께 칭찬을 들었던 일을 빼면). 경직된 조직 분위기도 한몫했고, 우는 아이 떡 하나 더 주듯 생떼를 부리는 민원인을 달래는 게 급선무라고 배웠다. 뭘 잘못했는지도 몰랐지만 잘못했다는 말만 속절없이 뱉은 밥벌이의 급급함이 부끄러워 밤잠을 설친 날이 허다하다. 아내를 폭행해 사망하게 한 피의자가 손끝이 찔린 상처에 괴로워하는 걸 보고는 갱생의 가능성을 모두 포기했다. 베푸는 사람에게는 복 대신 사기꾼이 들러붙고, 노동 소득은 모래 위의 성일 뿐이지만 검은돈은 철옹성처럼 단단하다. 수차례 성범죄를 저지르고 반성의 기미도 없는 가해자를 초범이라는 이유로 판사가 구속영장을 기각해주었다며 담당 경찰관이 분통을 터뜨렸다. 할 수 있는 일이 없는데, 처지가 나아지지도 않는데, 성실히 근속해도 마이너스인데, 이 상황에서 무얼 더 할 수 있단 말인가?

경찰청 통계에 따르면 2022년 자살로 처리된 변사자의 수는 1만 2,727명이다. 하루에 34.8명꼴로 자살한다는 말이다. 믿을 수 없다. 이렇게 많은 사람이 가지각색의 방법으로 죽다니. 이렇게 많은 사람이 죽음을 원하다니. 이렇게 많은 사람이 스스로 목숨을 끊는데 사회적으로 논의가 부족하다니. 특정 종류의 동물이 집단 폐사할 경우 전국적으로 비상사태를 선포하는데, 단일한 종류의 동물이 타의도 아닌 자의로 우후죽순 죽어나가는데 비상사태가 아니라니. 우리나라는 전쟁 중인지도 모른다. 매일매일을 사는 게 전쟁이다. 이들을 '변사자' 대신 삶이라는 전쟁터에서 살아남지 못한 '전사자'로 부르는 게 옳을지도 모른다.

세상에 태어난 첫날을 생생히 기억하는 사람은 아마 없을 것이다. 이승에 머무르는 마지막 날을 또렷이 기억하는 이도 마찬가지다. 언제 태어나게 될지, 언제쯤 죽는 날일지 명확히 아는 사람은 없으니까. '첫날'의 반의어가 '마지막 날'임에도 결론은 비슷하다. 4년이라는 시간 동안 과학수사과에서 현장감식 업무를 담당해오면서 수백 명의 변사자를 보았다. '수백 구의 시체' 대신 '수백 명의 변사자'라고 쓴 이유는 죽음이 한 사람의 삶을 깔끔히 매듭지을 수 없기 때문이다. '구'로 수치화되는 이들이 불과 얼마 전에는 '명'으로 헤아려지던 생명이었으니까. 국가에서 관리하던 국민이었으니까. 살아 호흡하던 사람이 변사자라는 신분으로 옮겨 갔을 뿐이라 판단하고 싶다. 첫날과 마지막 날이 반의어이면서도 시작과 끝을 알 수 없다는 결론은 크게 다르지 않듯이, 삶과 죽음도 반의어이지만 크게 다르지 않다. 죽음은 또 하나의 쉼표일 뿐, 그 사람이 남긴 모든 것에 마침표가 찍히는 것은 아니다. 이 얄팍한 믿음은 변사자가 떠난 자리에 남은 사람들이 끝까지 살아갈 수 있게 해준다. 이미 세상을 떠난 예술가가 남긴 작품을 두고두고 보전하며 기리는 마음이 예술가를 향한 새로운 해석에 기인하듯이.

기도의 과정과 결과는 형상화되어 나타나지 않지만 기적을 간절히 바라는 누군가의 마음은 어루만져준다. 그 과정에서 탄생하는 치유가 곧 기적이라 믿는다. 이 믿음이 다른 이를 살리는 데 힘을 보탠다.

조금 더 나은 세상을 바란다는 기도가 얼어붙은 사기를 녹일 수 있는 자애로운 햇볕이 될지는 아무도 모르는 일이다. 희망이 없다는 얘기를 구구절절 늘어놓았지만 그렇기 때문에 더욱 희망과 변화를 소망하게 되는 게 모순적이긴 하다. 그러나 인생은 결국 예측할 수 없는 일의 총합이기에 생의 가능성을 믿어본다. 바람의 향기를 맡는다. 바람에 흔들려야만 씨를 뿌릴 수 있는 민들레처럼 강력한 태풍이 지나가면 낙원이 펼쳐질 거니까.

가끔 해결될 실마리가 전혀 보이지 않는 사건을 마주할 때가 있다. 가해자가 죽기 전까진 끝나지 않을 것 같은 폭력, 벗어날 수 없는 피해자의 상황 같은. 도와줄 것이 없다고 단념하기엔 그 자리에 피해자가 있고 국가의 개입이 절실한 국민이 있지 않은가. 그렇다고 단념하는 것은 내 일이 아니기 때문에 포기하지 않았다. 빌어먹을 세상이라며 울고불고했지만 그럼에도 세상은 미묘하게 점점 나아지고 있다.

주위에서 나와 닮은 생각을 가진 사람들이 하나둘 손을 잡아줄 테니까. 사는 동안 법과 제도, 사회의 인식이 변화하여 희망의 씨앗을 퍼뜨릴 수 있을 테니까. 이건 마침표가 아닌 쉼표일 테다. 당신도 계속 그렇게 살던 대로 살면 된다. 꼿꼿함을 유지해야 한다는 관념에 사로잡히지 말고 에라 모르겠다, 가끔은 드러눕고, 진상도 피우길. 거리 위 경찰관은 당신의 애환을 언제든 들어줄 준비가 되어 있다. 외로우면 외롭다고 울길. 그러면 된다. 다만 지갑에 신분증은 꼭 챙겨 다니시길. 집 주소라도 제대로 외우고 있으면 더 좋고. 곧 올 것이다. 행복과 더불어 평화가. 마침표는 이때, 딱 이때 찍으면 된다.

당신의 마지막을 나의 마지막처럼 숭고하게 여기는, 당신이 세상에서 숨 쉬고 있을 때 지은 마지막 표정을 향해 기도를 보내는, 어물쩍거리다 정년을 채울지도 모를 경찰관이 최소 한 명은 있다는 사실이, 그리고 모든 게 다 부끄럽다는 이 고백이 누군가에게 위로가 되기를 희망한다. 희망은 가장 좋은 것이니까. 무엇보다도 세상 밖으로 밀려난 기분을 느끼는 모든 경찰관들의 호흡이 조금은 편안해지길 바란다.

에필로그 — 이상한 나라의 경찰관

맞추다 「동사」

1) 서로 떨어져 있는 부분을 제자리에 맞게 대어 붙이다.

2) 둘 이상의 일정한 대상들을 나란히 놓고 비교하여 살피다.

3) 서로 어긋남이 없이 조화를 이루다.

맞춤법 (맞춤法) 「명사」

1) 어떤 문자로써 한 언어를 표기하는 규칙. 또는 단어별로 굳어진 표기 관습.

배움이 짧은 아빠는 일평생 틀린 맞춤법을 지키며 산다. 엄마가 새로 산 옷이 '귀똥차게' 맞다며 좋아하거나, 300만 원이 넘는 '삭소폰'을 '갚고 싶다'고 한다. 우리 딸, 오늘도 '하이팅'이라고 한다.

— 날씨추운데 옷 따뜻하게. 입고 단녀라

— 옷이 필요하면 애기하삼

— 내일 용돈 좀. 붙어줄게

틀린 맞춤법이 가득한 메시지를 보며 내가 아무리 맞춤법을 지킨다 한들 이만한 사랑을 전할 수 없음을 안다. IMF라는 풍파가 들이닥쳤을 때 남몰래 따둔 택시 운전 자격증 덕분에 은퇴 후 택시 기사가 되어 도로를 누비는 아빠. 경찰관이 되어 경찰차로 도로를 누비는 나는 아빠보다 '맞춤법'은 잘 알지 몰라도 '맞추는 법'은 잘 모르는 것 같다. 어떻게 하면 상대방에게 조금 더 온화한 표현으로 맞춰갈 수 있는지, 끝없는 고민을 잘라내고 하루의 리듬을 잃지 않도록 균형을 맞추려면 뭘 해야 하는지, 나는 여전히 잘 모른다. 맞추고 싶은 마음이 있긴 한가?

앨리스가 토끼 굴을 통해 이상한 나라로 가게 되면서 겪는 일을 그린 동화 『이상한 나라의 앨리스』처럼, 나는 경찰관이라는 통로를 통해 이상한 나라에 당도해버린 것만 같았다. 경찰관이 되어 마주한 대한민국은 내가 알던 나라와 달라도 너무 달랐다. 그래서 힘들었다. 상식이 통하지 않는 이 나라에서 상식적으로 일을 처리해야만 했기 때문에. 모친의 얼굴을 가지치기용 가위로 찔러 사망하게 한 아들을 체포하는 일이나, 부부가 자녀를 살해하고 키우던 반려동물을 죽인 뒤 자신들도 동반자살한 현장에 출동하는 일이나, 국민들에게 국가가 고용한 일회용품 취급을 받는 일… 혐오가 만연한 사회에 낱낱이 노출되는 이상한 나라의 경찰관. 돌아보니 그게 나였다.

맞춤법을 지켜가며 끄적이는 글들의 의미를 자주 불신한다. 그런 것치고는 벌써 네 번째 책이라는 게 스스로도 놀랍다. 독자들이 나에게 어떤 이야기를 원하는지 모르지는 않는다. '경찰관 겸 작가'라는 타이틀의 무게를 너무도 잘 안다. 그럼에도 쉽게 꺼내기 힘든 이야기였다. 저마다 다른 표정으로 같은 비극을 노래하던 이들을 나열하고 어떤 선율을 뽑아

쓸지 고민하는 거, 이후의 곡조를 다듬는 거, 언제 해도 구슬프다. 결국 내가 글을 통해 하고 싶은 말이 '사랑'이라면 믿어줄 이가 있을까? 이제는 나도 옳은 맞춤법으로 사랑을 말하고 싶다. 이상한 나라에서 요상한 리듬으로 부르는 노래. 나의 무대는 이제 시작이다.

— 밥 머겄나?

새벽에 도착한 아빠의 메시지. 평소처럼 이모티콘으로 대꾸하려다 고쳐 쓴다. 나는 여전히 맞춰가는 중이다.

추천의 글

원도의 글을 읽는 것은 세상의 접힌 한 귀퉁이를 펼쳐보는 일이다. 얼른 도로 닫고 싶은데 끝까지 읽고 있다. 저자는 하루에 34.8명이 자살로 죽는 나라에서 과학수사과 현장감식 업무를 한다. '있었던 존재들'이 숫자로 처리되는 현실을 외면하지 못하는 그를 독자도 외면할 수 없게끔 쓰는 것이다. 글쓰기의 힘이고, 겁쟁이들의 연대다. 고통은 몰아주고 고통의 출구는 닫아놓은 현장의 이야기. 긴 사직서이자 짧은 유서를 썼다 지우는 이들에게 하루를 선물하는 책이다.

— 은유(르포 작가, 『알지 못하는 아이의 죽음』 저자)

추천의 글

코끝이 썩는 냄새가 현장을 떠난 일상에서 떠오를 때, 남겨진 자의 절규와 통곡이 존재하는 삶을 어찌 살아야 할지 다시 아파하고 있을 때, 이 원고가 때를 맞추듯 찾아왔다. 처음 『경찰관속으로』라는 책으로 원도를 만났을 때 사람답게 살고자 한다면 가져야 할 최소한의 시선과 사유란 이런 것일까 생각했다. 한때는 순수했으나 사는 동안 잃어버린 마음들에 대한 자각이 일어났다. 감명 깊어 책을 여러 권 구매해 비록 방황 중이지만 지키고 싶은 마음이 많은 동료와 자주 절망하지만 지속하고 싶은 마음이 간절한 후배들에게 나누었다. 앞으로 태어난 것에 의문하듯 사는 것에 관해서도 이해보다 설명이 필요할 때, 원도의 생애 사전이 내 삶을 다시 생각하게 만들 것이다.

사람은 꿈꾸고 희망하고 갈망하다 죽는 건 동일하다고 말하는 그는 순수하다. 그 마음과 시선으로 살기 얼마나 어려울지 가늠하다 결국 그 시선이 그를 지금까지 현장에 있게 했다는 것을 깨닫는다. 꿈을 동력으로 현실의 긴장을 완화하고 현장에 복귀했을 거다. 매번 삶에 속을지라도 분노가 슬픔을 만나 위로받았을까. 현장을 겪으면서 일어나는 감정은 옳고 그름도 아니요, 좋고 싫고의 문제도 아니다. 삶을 직시할 때 생기는 자연스러운 현상이기에 내 마음과 시선이 필요 불가결한 에너지임을 저항하며 숨김없이 말한다. 그래서 비상식적인 일들은 그의 성실한 꿈을 잡아먹지 못한다. 나약함이 만든 비겁을 숙취로 해소하고, 맛없는 현장의 짬밥을 마다하지 않는 그는 그럼에도 불구하고 현장을 떠나지 못하는 우리와 몹시 닮았다. 행간 사이에는 보이지 않는 현장 사람들의 외로움은 우리가 일상에서 매일같이 느끼는 감정과 닮았다. 인정하고 싶지 않아도 인정할 수밖에 없는 우리 삶이다.

도무지 이해할 수 없는 인간의 꼴에 저항하며 솔직하게 직면하고 꼿꼿하게 바라봐야 하는 곳이 현장이다. 당연하다고 규정했던 많은 일들을 나 아닌 다른 사람 앞에서는 멈추어 서서 생각해야 하는 곳이 현장이다. 사사로울 수 없는 현장에서, 사람 마음만으론 이해되지 않는 그곳에서, 존재해야 하는 것들에 대한 깊은 사유를 끝까지 놓지 않는, 그의 의지와 땀내가 부패를 관통한다. 세월의 짬밥만큼 한층 성장하고 확장되어 승화한 것일까? 범죄 현장 속에서 사라졌지만 사라지지 않은 존재들을 직면하고 써내려가는 그를 보면서, 나의 지난 타임라인에 불이 켜졌다.

인생에 나중이 없다는 그의 말이 뼈 때리듯 다가온다. 다시 정신을 차려 일상에서 출구를 찾아 더듬는다. 사람의 마음은, 삶의 모습은 왜 이렇게 다를까, 의심하기보다 의문하고 고갯짓하면서도 그 강을 건넌다. 그리고 심연을 들여다본다. 일상에 묻혀 있던 단어가 새로이 보이고 사전적 의미 그 이상의 시선을 느끼면서 내 삶에 깊은 안도를 느낀다. 인생은 결코 아름다운 것만 보고 살 수 없다는 것을, 불협화음을 즐겨야 즉흥연주가 가능하다는 것을, 사는 동안 생긴 슬픔은 담아두어도 좋다는 것을, 아니 도리어 담고 가야 할 기억인 것을 그의 현장에서 배운다. 그것이 삶인 것을 지금에서야 알았다.

끝나지 않은 현장에서 밤을 지새우고 있을 사람에게서 절망하지 않아도 될 생을 본다. 모든 죽음 앞에서 사유하며 존재하는 당신이 있어 고맙다.

— 박미옥(작가, 『형사 박미옥』 저자)

있었던 존재들

경찰관 원도가 현장에서 수집한 생애 사전

1판 1쇄 펴냄 2024년 1월 18일

1판 2쇄 펴냄 2024년 3월 31일

지은이 원도

편집 정예슬 김지향 황유라

교정교열 안강휘

디자인 김혜수

미술 이미화 김낙훈 한나은

마케팅 정대용 허진호 김채훈 홍수현 이지원 이지혜 이호정

홍보 이시윤 윤영우

저작권 남유선 김다정 송지영

제작 임지헌 김한수 임수아 권순택

관리 박경희 김지현 이지은

펴낸이 박상준

펴낸곳 세미콜론

출판등록 1997. 3. 24. (제16-1444호)

06027 서울특별시 강남구 도산대로1길 62

대표전화 515-2000

팩시밀리 515-2007

편집부 517-4263

팩시밀리 515-2329

ISBN 979-11-92908-61-8 03810

세미콜론은 민음사 출판그룹의

만화 · 예술 · 라이프스타일 브랜드입니다.

www.semicolon.co.kr

트위터 semicolon_books

인스타그램 semicolon.books

페이스북 SemicolonBooks

유튜브 세미콜론TV